# モブでも認知ぐらいしてほしいと思ったのがそもそもの間違いでした。

行倉宙華
Hiroka Yukikura

Regina

RB
レジーナ文庫

登場人物紹介
ベルンハルト・フリード
四大貴族である
フリード家の養子。
社交界にも滅多に
出ない引きこもり
気質。
オリオン・ライアネル
ディルアヴィット王国の
第二王子。
素直になれない性格で
兄にコンプレックスを
持っている。
スピカ・アルドレード
元女子大生。
大好きだった乙女ゲームの
中に転生する。
悲劇になってしまう
ゲームシナリオを
変えようと東奔西走
するけれど……!?

アダム
スピカ専属の執事。
陰日向でスピカを
サポートする。
シャーロット
スピカ専属のメイド。
アダムと共に
スピカを
サポートする。
セドリック・
ドーソン
王国騎士団団長の息子。
剣の上達が
上手くゆかず
非行に走りそう
になる。
リオン・
ターメリック
侯爵家の次男で
国内でも一目
置かれる頭脳の
持ち主。
リリー・
キャメロン
乙女ゲームのヒロイン。
自棄になった父の
代わりに家の一切を
取り仕切る。
クラリーナ・
カプリス
四大貴族筆頭の
公爵家の長女。
両親に愛される妹に
きつく当たって
しまう。

目次

モブでも認知ぐらいしてほしいと
思ったのがそもそもの間違いでした。

# プロローグ　伯爵令嬢は思い出した

屋敷の廊下を走っていたら、階段から足を踏み外して転げ落ち、頭を打った。

そのまま、三日三晩眠り続け、目が覚めたら前世を思い出した。

「なんてこった……」

そんなどっかで見たことある、ライトノベルみたいな展開に、パンクしそうな情報量が頭を侵略する。

それが今の私である。

私の名前はスピカ・アルドレード。

現在五歳。

しかし、前世では大学生だったと十分前に発覚したから、実感としては二十歳を超えている。

えー、ちょっと複雑なんだけど……

「スピカ!!　ああ、良かった!!」

「目が覚めたのか!?　本当に一時はどうなるかと……!!」

考えに耽《ふけ》っている間もなく、バタンッとすごい勢いで扉が開く。

入ってきたのは現世での父と母。

我が両親ながらお美しいわ、周りがキラキラ光って見えるよ。

そういや、私の目が覚めてすぐにメイドが呼びに行ってたんだっけ……

目が覚めて二週間、つまり私が前世を思い出してから二週間が経った。

私は自分なりに頑張って、今の状況を整理してみることにした。

両親や家の使用人、とにかく大人に聞き回り、家の書庫にこもって歴史書やらを読みまくった。

書庫といってもほぼ図書館並み、しかも五歳なのに字が読める。

伯爵令嬢だからか転生者だからか知らないけど、結構チートだな、私。

「しかも、何だこれ……まあ、あの両親の遺伝子を受け継いだら、こうなるのは必然か……うん」

目覚めて何度目かわからないが、私は今日も鏡を見る。

目鼻立ちがはっきりしてるが、決してくどいわけじゃなく、華やかな印象を与える顔立ち。

瞳は深い海のような青紫、髪はウェーブがかかった琥珀《こはく》色。

文句なしの美男美女夫婦から生まれた私は、文句なしの美少女ってわけだ。

そして私が住むこの世界は前世でいう、中世ヨーロッパみたいな感じである。

立憲君主制で、この国はディルアヴィット王国という名前らしい。

そして、その王国の宰相が私の父。

父の名前はサイモン・アルドレード。

そして、母の名前はミランダ。

我がアルドレード家は伯爵の爵位を持っており、私は伯爵令嬢。

「現在、王子は二人おり、王様は王妃様一筋で愛人はいないと……息子のシリウス王子とオリオン王子は実の子で王位継承権は兄のシリウス王子にあり、国内でそのことに不満を持つ者はほぼいないから大きな戦争の心配もなし、と……」

何だかな〜？　字面だけ見たら平和そうだけど、そのうち反乱分子とか出てきそうな予感たっぷりでしょ。

けど、何事も用心は大事だよね？

少しずつこの世界のことを受け入れてはきたけど、私には他にも気掛かりなことがある。

転生した理由が思い出せないことだ。

普通こういう展開では、事故とか災害とか、自分の死んだ瞬間のことを人間は覚えているものだ。

けど、私には前世の記憶がはっきりとあっても自分がどうして死んでしまったのかが、まるで思い出せない。

それどころか、前世を思い出すまで自分がどうやってこの世界で生きてきたのか、どんな性格で、どんな笑い方で、どんな風に周りと接していたかも思い出せないのだ。

私はずっと何か大切なことを忘れてる気がしてしょうがなかった……

まあ、問題はそんな正体不明の違和感より、目の前の現実なんだけどね？

「それにしても、シリウス王子にオリオン王子なんて、ダムレボのキャラのまんまじゃん、あー!!　ダムレボやりたい!!」

ダムレボとは私が前世でハマっていた乙女ゲームのこと。

正式名称は『キングダム・レボリューション』である。

攻略対象は四人。

それぞれ暗い過去を抱えており、そのことで負った心の傷によって未来に希望を持てずにいた。

しかし、学園に入って男爵令嬢であるヒロインと出会うことでそれを乗り越え、運命を切り拓いていく。まあ、展開はベタなんだけど、それぞれの過去が重いのなんのって。

しかも、そこらの乙女ゲームとひと味違うのは悪役令嬢やヒロインまでトラウマを抱えてるということよ。

選択肢を少しでも間違うと問答無用で悲恋展開。

人が死ぬわ、死ぬわ。

ネットではゲームの名前をもじって悲恋革命なんて呼ばれてたっけな？

プレイすればするほど、プレイヤーが病むとも。

「けど、私は大好きだったな……」

前世の友達には、他に王道の華やかで幸せになるゲームがあるのに趣味が悪いよ、なんて言われてたっけ。

けど、私はこのゲームの内容はともかく登場人物達がみんな好きだった。

もちろん、悪役令嬢も含めて。

それぞれのトラウマは誰かを愛するが故の優しいものばかり。

きっと登場人物達は助けてくれる人が誰もいなかったから、不器用なやり方しか選べなかった。


選択を間違えることもあるけど、一所懸命生きようとしている姿を見ると応援したくなったんだっけ。

「けど、絶対にそれぞれの攻略ルートに入らないと幸せにならないし、逆ハーレムエンドとかもないから、全員が幸せになるって展開がないんだよね～」

それだけがこのゲームの欠陥だな。

しっかし、王国の名前も、二人の王子の名前も、四大貴族の名前も、学園の名前もゲームの設定と一緒。

こんな偶然ってあるんだね？

「いや、そんな偶然あってたまるかああああああああああ」

「お嬢様⁉　どうなさいました⁉」

「ネズミよ！　ネズミが出たの、今すぐ捜して始末して‼」

「ネズミ⁉　かしこまりました‼」

嘘もポンポン出てくる、さすが精神年齢が二十歳を超えてるだけあるわ。

嘘で走らせちゃって申し訳ねえ。

いや、そうじゃなーーい!!

マジかマジか、この世界ダムレボじゃん、まだ確証はないけど、これはもうほぼ確定でしょ!?

やったー!!　前世でのらりくらりと山も谷もない人生送ってきたけど、ここにきてサヨナラ逆転満塁ホームラン!!　あれか!?　そんな平凡すぎたからこそ、ここいらで刺激を……なんて神様が与えてくれたパラダイスか!?

いや、もう何だっていい!!

私はダムレボの世界に生まれた、同じ空の下に大好きな登場人物達がいる！

しかも、第二王子は同い年！

つまり、他の登場人物達とも同い年！　同じ学年として学園に通える!!

「ありがとう、神様仏様ダムレボの製作者様!!　私は無敵だ!!」

けれど、私、スピカ・アルドレードはゲーム中に名前が出てこなかった。

モブキャラってとこかな？

父親が王国の宰相で伯爵令嬢って、モブキャラにしてはスペック高すぎね？

まあ、細かいことはいっか。

ない。

「夢みたい……けど、やっぱり物語はシナリオ通りに進むのかな」

ヒロインが誰のルートを選ぶかもわからないし、選んでも悲恋エンドになるかもしれない。

最悪の場合、バッドエンドとか……

結局、登場人物達はトラウマを抱えて幸せになれないまま。

「そんなの……私が許さない」

結末も未来も全部わかっているのに無視するなんて、無理だよ。

だって、大好きな人達だもん。

トラウマとか余計なものとか、抱えたままにはさせられないよ。

未来を変えたって、幸せになれるなら絶対にその方がいいじゃない。

そして、普通に恋したり、失恋したり、笑ったり、泣いたり、普通の子どもみたいに生きたっていいじゃない。

「……よし、ぶっ壊そう」

あわよくば、登場人物達とは顔見知りぐらいになれたらいいな……なんてね。

# 第一章　仕組んだ出会いと運命と

前世を思い出してから三年が経ち、私は八歳になっていた。

学園に入学する五年前。

いよいよ、動き出さなきゃいけない。

私は最初に、このゲームのメインヒーローである、オリオン王子から救うことにした。

理由は三日前にオリオン王子の誕生日祝賀会の招待状が屋敷に届いたからである。

「オリオン王子のってことは、お城で開催されるってことですか？」

招待状のことは朝食の席で父のサイモンから告げられた。

その話を聞いた瞬間に、我が家のコック長の作る朝食（いや朝食に限らず全ての食事がほっぺたが落ちそうになるくらい美味しい）が、それ以上喉を通らなくなってしまった。

「スピカも、いよいよ社交界デビューね！」

「はい……」

「ははっ、どうした？　そんな緊張することはないんだよ？」

「そうよ？　お父様もお母様も一緒に行くし、国王陛下はとても優しい方だから普段通りのスピカなら大丈夫よ？」

お父様もお母様も、私が急に食事の手を止めたのは社交界デビューと、お城に初めて行くことに緊張しているからだと思ったらしい。

ありがとう、お父様、お母様。けど、理由はそんなんじゃないんだ。

だって、まさにその誕生日祝賀会でオリオン王子のトラウマとなる、あの事件が起こってしまうのだから。

オリオン・ライアネル。

ディルアヴィット王国の第二王子で、『キングダム・レボリューション』のメインヒーロー。

現在、兄であるシリウス王子が王位継承権を得ることはほぼ確定している。

オリオン王子は自分とは正反対で、優しくて民に好かれる兄に劣等感を抱いているが、その反面とても尊敬しており、将来は兄を支えて幸せな王国を築こうとしている。

しかし、ある悲劇が起きてしまう。

その悲劇の現場がオリオン王子の八歳の誕生日祝賀会であった。

「スピカ様、ただいま戻りました！」

「アダム、お疲れ様、何かわかった？」

「スピカ様の予想した通りです、隣国で動きがありました。まずはこちらをご覧ください！」

「スピカ様失礼し……アダム？」

「シャーロット、ちょうどよかった、アダムに何か温かいスープをお願い！」

「はい、かしこまりました」

彼はアダム、彼女はシャーロット。

二人には二年前から私のお抱え執事とメイドとして働いてもらっている。

時には、それ以上のことも。

まあ、これは前世でいう、諜報員やスパイみたいな仕事だ。

隣国へ、お城へ、街へ、一人ずつ、時には二人で。

様々なとこに遠出し、私の情報収集に協力してもらっている。

今回はオリオン王子の悲劇を未然に防ぐために、アダムには隣国に行ってもらっていた。

もちろん、このことは私達三人だけの秘密である。

「……やっぱり、国王陛下を恨んでいる残党はまだいたのね」

「はい、近いうちに大きな動きをすると、酒場で話しているのを聞きました」

「近いうちね……」

「アダム、スープよ」

「ありがとう、シャーロット」

「別に……それよりスピカ様、その大きな動きとはいったい……」

「大丈夫、見当はついてるから」

我が王国はとても裕福だが、それは戦争に勝ち続けて賠償金などを得ているから。

現国王陛下の戦略手腕の賜物《たまもの》である。

我が王国は、たとえ二つの国に同時に攻めてこられようとも、軍を分散して勝てるぐらいの圧倒的軍事力を持っている。

三か月前にも、隣国との戦争が我が王国の勝利で終わったばかりだ。

しかし、その敵国の王族全員が自殺を図り、後味の悪い終わり方をしたのだった。

その結果、我が国王陛下を恨み、復讐を果たそうとする者達がまだいる。

私はアダムの調査報告で確信した。悲劇は予定通り起ころうとしている。

その悲劇が、オリオン王子の誕生日祝賀会で起こるシリウス王子の暗殺だ。

ゲームのシナリオでは兄を殺されて王位継承権を得たオリオン王子だが、目の前で兄を殺されたショックで心が壊れてしまうのだ。

兄の仇《かたき》をとっても、王国を敵国から守っても、自分は兄の代わりになれないと嘆くばかり。

ヒロインに出会ってからは、自分なりに素晴らしい王国を築いていこうと再び立ち上がるのだが、悲恋エンドになれば王国は戦争により滅んでしまうのだ。


今日は待ちに待った、オリオン王子の八歳の誕生日祝賀会である。

「これが本物の祝賀会か……」

「何度も想像はしてましたけど、本当にこんな煌《きら》びやかな世界があるとは……」

「世の中広いわよね……」

「スピカ様、国王陛下のご挨拶が始まります！　アダムもボケッとしないで！」

アダムと一緒に、祝賀会のあまりの迫力に圧倒されていると、シャーロットからお叱りを受けてしまった。

見渡す限り、豪華絢爛《ごうかけんらん》で煌《きら》びやかなドレスに身を包んだ人々。

何十人？　いや、きっと何百人という人間がこの会場に集まっている。

テーブルには、一生分あるんじゃないかと思うほどの食事や飲み物。

天井のあちこちからぶら下がるシャンデリアは眩《まばゆ》く、大理石の壁は光ってる。

どこを見ても目がチカチカする。

改めて、ここが王宮なのだと実感するしかなかった。

「スピカ、王家の方々に挨拶に行くぞ」

「へっ、あ……はい！」

「スピカ？　大丈夫、もう少し気持ちを落ち着かせて？　大切なのは？」

国王陛下の挨拶が終わると、さっそくお父様からそう言い渡された。

「あ、確か……笑顔！」

「正解だ。さて、準備は完璧だな？」

「はい、いつでも大丈夫です！」

王座を見ると、続々と名のある貴族達が子息や令嬢を連れていくのが見える。

私はお父様とお母様の背中を追うようにしながら、視線だけを周りに巡らす。

今日の場は、有力な貴族達の子息や令嬢の社交界デビューも兼ねているとお父様が言っていた。

貴族って、子どもの頃から大変だわ。

とりあえず、私はこの日のために必死に練習した挨拶を噛《か》まずに言うだけだ。

「サイモンにミランダ夫人、今日はよく来てくれた！」

「国王陛下、オリオン殿下の八歳のお誕生日を心よりお祝い申し上げます」

「ますますのご活躍を、お祈り申し上げます」

目の前には何の駆け引きもなく、挨拶を交わす両親の姿。

アルドレード家は王国の宰相が多く輩出していることもあり、お父様もお母様も国王陛下とは古い友人らしい。

その挨拶から少し視線を外すと、私は国王陛下から一歩引いた場所に立つ、二人の美少年に目を惹かれた。

背が高い方の少年はどちらかというと細身だが、青くクリッとした目、サラサラな金髪の前髪を下ろし、甘くて爽やかな笑みを浮かべている。典型的な王子様といった感じだ。

この笑顔を見れば、初めての公式の場にガチガチに緊張した子ども達も緊張がほぐれるだろうな。

隣には、瞳と髪の色は同じだが、雰囲気は正反対の少年。

あ、私より身長低いんだ……

目力が強く、前髪を含めて全体的にショートヘアで、凛々しくて野性的な印象。一日見ただけだと怒ってるのかなって思うほどの仏頂面をしていた。

上手く笑えないってとこかな……？

ゲームから得た事前情報だと、絶対に前者が私より四歳上のシリウス王子、後者がオリオン王子だろう。

兄弟でこうも正反対に育つのか？

「さてと、サイモン、そなたの後ろに隠れておる青い妖精はどなたかな？」

「恐れ入ります、国王陛下」

国王陛下から私が挨拶をするお達しがお父様に出た。

それにしても、青い妖精って……

苦笑を必死にこらえながら、私は両親の後ろから国王陛下の前に出る。

両手で青いドレスの左右を摘まんで、私はカーテシーといわれる貴族特有の挨拶をする。

「国王陛下、お初にお目にかかります、アルドレード伯爵が娘、スピカ・アルドレードと申します。オリオン王子のお誕生日、誠におめでとうございます」

その時、どこからかオリオン王子をまるで品定めするような視線があることに気付いていた。

王家の方々への挨拶がそこそこ落ち着いてきた時に、それは起きた。

「国王陛下、この度は誠におめでとうございます」

「うむ、感謝する」

「ところで、国王陛下は……」

「待て」

「父上？」

お父様は宰相として国王陛下のお側に控えていたので、私もその場を離れない。

もう本当にストーカー並みに、私は国王陛下や王子達しか見ていなかった。

だからすぐに、国王陛下が纏《まと》う空気を変えたのがわかった。

様子を見るに、二人の王子も父親の異変に気付いているようだ。

シリウス王子は国王陛下に声をかけるが、国王陛下は答えず、目の前の男を凝視していた。

その男は黒いマントを羽織って、フードを鼻先まで深く被り、口元だけが出ている状態。

よく見たら、相当気味が悪かった。

「見ない顔だな、名は何と申す……」

「……ふっ、ははは……!! うあああああああああああ!!」

男が動いた瞬間、私は靴を脱ぎ捨て、アダムの腰の剣を抜き、衛兵の間を走り抜けた。

「シリウス!!」

「兄上っっ!!!!」

男は叫んだと同時にマントの内側から剣を取り出し、シリウス王子に斬り掛かる。

視界の端で異変に気付いた衛兵が、シリウス王子に手を伸ばすオリオン王子と国王陛下を引き戻すのが見えた。

奪わせない！ その人は、この王国に必要な人だ！ 民から慕われて、多くの人を癒すことができる尊い人だ！

そして、不器用で自信が持てない王子様のたった一人の兄なんだから……

「……させるか！」

私は剣を力いっぱい振り上げた。

金属と金属が、激しくぶつかり合う音がした。

「なっ……!?」

「思い、通りになん、て……させない!!」

実際、運が良かったのか、何なのか。

男は、突然どこからか現れた私に剣を止められたことに、ひどく動揺した。

この男、瞳孔開きまくってるよ、怖すぎ。

本音を言うと、今ここで余裕たっぷりに笑ってやりたかったが、それより八歳の私の力は限界だった。

「衛兵っ……!!　はや、く、この者を……捕らえてください!!」

私の叫びで、我に返ったように全員が動き出した。

衛兵が男を捕らえたのを見届けて、私は剣を床に落とす。

私の両手にはもう力が入らなかった。

シリウス王子は無事、今は王妃様に抱き締められている。

まあ、安心してる場合じゃないが……

「スピカ様!!　ななん、なんって無茶をなさるんですかっっ!?」

「俺の剣を、剣を奪ったかと思えば……あんなことするなんて……!!」

「スピカ、もう今日という今日は許しませんよ!?　心臓が止まるかと……」

「ご、ごめんなさい……」

お母様はもちろん、シャーロットとアダムにも死ぬほど怒られた。

「サイモン、すまなかったな」

「とんでもございません、私どもが参らず、王家の方々にわざわざ御足労をいただき、申し訳ございません」

「こちらから無理を言ったのだ、そこは気にするな」

お父様と国王陛下の二人が言葉を交わし終わると、全員が席についた。

王家とアルドレード家、両家族が向き合う形だ。

あれからすぐに私達家族は王宮の一室に移され、私は王家御用達の医師に体の隅々を調べられた。

怪我一つないとわかると、お母様とシャーロットにはとても泣かれてしまった。

心が痛くなったのは内緒だ。

そして、すぐに国王陛下から王子達が私に会いたがっていると言われ、特に断る理由もないので、私は了承した。

それが今の重苦しい状況に至った経緯だ。

そして、こんな空気の中で最初に口を開いたのはシリウス王子だった。

「す、スピカ嬢!!」

「はい、シリウス殿下」

「……すまなかった!!　とても怖い思いをさせてしまって、本当にすまなかった!!　関係のない、しかも、伯爵令嬢のあなたを危険に晒《さら》してしまって……」

「そのことに関して、父である私からも頭を下げる」

止める暇もなく、シリウス王子と国王陛下、一拍置いてからオリオン王子も頭を下げた。

あってはならない状況に、我が家族は大慌てだった。

予想はしていたけど、シリウス王子の言葉を聞いて私はただただ寂しかった。

「……頭を上げてくださいませ」

「スピカ嬢、しかし……!!」

「私は、皆様にそんなことを、そんな顔をしてほしくて、飛び込んだわけではありません」

「スピカ!?　あなた、何を……」

私は、この家族に、王国を先導する選ばれた一族に、そんな自分を責めるような顔をしてもらいたくなかった。

そんな顔をさせたくて、謝られたくて命をかけたわけじゃないから。

けど、そんな私の本音を理解してくれた人がいた。

「そうよ？　あなた、シリウス、オリオン、全員頭を上げなさい」

「は、母上？」

「スピカ・アルドレード嬢？」

「はい、王妃様」

「あなたは私達から謝罪の言葉を、国王陛下や王子としての言葉を欲しいわけではありませんよね？」

「……私は、謝罪の言葉などかけていただきたいのではありません。ただ皆様に心から笑っていただきたいのです。関係ないだなんて、そんな寂しいことをおっしゃらないでください。私はサイモン・アルドレード伯爵が娘であり、この王国の民です。私達が今日も幸せに平和で生きていられるのは皆様のおかげです、それならば、王族の皆様をお守りするのは私達王国の民の務めです」

この王国の行く末は、この人達の未来そのものでもある。

国を背負うなんてプレッシャーは私には想像もつかないけど、これはモブからの精一杯の感謝とエールだ。

そして、細かいことはまた別の機会にしようと話がまとまった。

お父様とお母様はとんでもないと、これまた大慌てだったが、王家の方々全員で私達を見送ってくれるのだとか。

そんな両親を横目に、私はオリオン王子と目が合うと笑みを零《こぼ》していた。

笑ったらダメだったのかな……？

「……スピカ嬢!!」

「は、はい!?　あ、何で、しょうか……オリオン殿下」

「話がしたい、今すぐ!!」

＊　＊　＊

もう全てが疑問だらけで、俺の頭の中はぐちゃぐちゃだった。

俺はまだ子どもだから、こんな心の内を家族に、兄上に聞かれるのが、とてもイヤだった。

けど、この少女の言葉を聞くと心の中のモヤモヤが一気にこみ上げてきて、俺は黙っていられなかった。

理由はわからないけど、この少女のことを知りたい、近づきたいと思った。

父上やサイモンの引き止める声を無視して、俺はスピカ・アルドレードを城の中庭に半ば強引に連れていった。

「あ、あああの、オリオン殿下？」

「なぜだ」

「は、はい？」

「なぜ誰も気付かなかったのに、暗殺のことがわかった、危険とわかっていて飛び込んだ理由を教えろ」

「……うわー、ゲームと同じ俺様」

「何か言ったか？」

「いえ、あの!!　先ほどとはずいぶんとご様子が違うなと……」

「そんなことはどうでもいい、俺の質問に答えろ」

「……お言葉ですが、オリオン殿下？　答えろと言って、いつも答えが返ってくると思ったら大間違いですよ？」

「何だと？」

「だいたい、それを聞いてどうするんです？　私を暗殺者の仲間だと？」

「そんなこと思っていない!!」

「え……」

「そんなことは絶対に思わない!!　どんなに感謝しても足りないくらいだ……」

「オリオン殿下？」

昔からそうだった。

素直になりたいのに、いつも本心とは正反対のことを言ったりやってしまう。

そのことで、どれだけの大切な人間を傷つけてしまったか、もうわからない。

だから、いつも素直で周りに人が絶えない兄上が羨《うらや》ましくて、妬《ねた》ましくて……

俺はその中心になることはないから。

「すまない、嫌な思いをさせたな……」

「いえ、とんでもないことです……私に本当は何を聞きたかったんですか？」

「……なぜ、そんな満足そうに笑う」

「あなた様が、また笑ってくれたからです」

「は？」

「私はあなた様の心の底から笑う顔がとても素敵だと思いました」

「なっ……何を!?　いつだ!?」

「それは言えません、けど、その笑顔を曇らせるようなことは絶対にしたくないと、私は思いました」

「今日会ったばかりなのにか？」

「遠いようで近いですよ？　あなた様はこの王国になくてはならない存在です」

「それはないな……兄上がいるだけで王国は成り立つはずだ」

「どうして、そんなにご自分のことを卑下《ひげ》されるんですか!? オリオン殿下はこの王国に必要です、シリウス殿下にとっても」

「卑下《ひげ》ではない!! 事実だ!!」

「もしそうなら、その事実は真実ではありません!! シリウス殿下には確かに人を惹きつける力があります、けど、オリオン殿下には先を読む力があります」

「先を読む力だと?」

「きっと、お二人は共にいることで一つになれる偉大な存在です。お二人が力を合わせれば、戦争が決して起きない平和な王国となるはずです」

「……できるだろうか」

「きっと、できます!! それに、世界中の人がオリオン殿下を孤独に陥《おとしい》れても、私がその度に引っ張り上げてみせます」

「何だそれは……いや、それはいい、兄上を救ってくれて本当にありがとう」

「それはさっきも聞きましたよ?」

「もう一度言いたくなった……。スピカは王国の平和を望むか?」

「……はい、もちろんです!」

どれくらいぶりだろうか、久しぶりに心の底から笑ったのではないだろうか。

兄上への劣等感が完璧に消えたわけではないが、この変な少女と出会って俺は抱えていたものが軽くなった。

そこから大人達が捜しに来るまで、俺達は星空が照らし出す中庭で会話をして笑い合った。

スピカは俺に人生の目標をくれた。

俺を一人にはしないと言った、お前のその言葉はずっと俺を支えてくれる。

お前が望むなら、平和で幸せな王国を築くことくらい叶えてやる。

今度は俺がお前の笑顔を守る。

スピカは、俺にはもったいないくらいまっすぐで美しい人間だ。

こんなに美しい人間のことを俺は他に知らないし、きっともう見つからない。

この出会いは俺の一生の宝物、忘れられない思い出となるだろう。

＊　＊　＊

私は自宅でアダムとシャーロットの報告を受けていた。

「それじゃあ、今回もフリード家は欠席ということ？」

「はい、そのようです」

アダムとシャーロットにベルンハルトの実家であるフリード家のことを調べてもらって、もう一か月半が経った。

フリード家は公爵の爵位を持つ四大貴族の一つであり、由緒正しいお家柄だ。

この世界の貴族は週に三回はパーティーを開いている。八歳の私でさえ、顔馴染みだけならもう百人は超えているだろう。

私はその公の場でベルンハルトと接点を持とうと思っていたのだが……

「私と同い年なのよね？　それなのに社交界デビューもまだだなんて……」

「この先も、ベルンハルト様が公の場に姿を現す予定はないようです」

「まさか、ここまでとは……」

ゲーム中に明かされるベルンハルトの幼少期は、ただただ孤独だった。

とはいえ、四大貴族のフリード家が、跡取りを公の場に出さないなんてことはないだろうと思っていたのに……

こんな幼少期を過ごせば、嫌でもねじ曲がった性格になる。

ベルンハルト・フリードはフリード公爵家の長男で、ゲーム内の攻略対象者の一人である。

しかし、ベルンハルトはフリード家と血が繋がってはいない。

五歳の時に、遠い辺境の地の教会から引き取られた養子なのだ。

天涯孤独だったベルンハルトは、自分にも家族ができると希望で胸いっぱいにしてフリード家にやってきたが、想像通りにはいかなかった。

「シャーロット、これは監禁とはまた違うのよね？」

「はい、まったくそのような気配は……」

「それどころか、よく屋敷を一人で抜け出しては街で遊んでいるようです」

「公爵家の長男が護衛もなしに？」

「おかしいとは思いますけど、特別な事情があるといえばありますし……」

「まあ、いずれにしても俺達には理解できない事情なんですかね～」

ゲーム内では、彼はひたすらに愛を求めるというキャラクターだった。

誰より家族というものを切望していた彼に、義理の両親がした扱いはとても無情なものだった。

両親は引き取ったベルンハルトを一度も抱き締めることなく避け続け、挙句に離婚してしまう。

彼は愛を求めるあまり、素行が悪くなり、女遊びが目立つようになる。

ヒロインと恋に落ちれば、愛し愛される喜びを知って幸せな家庭を築くのだが、悲恋エンドになれば、愛する人が目の前で殺されてしまう。

「動物が好きなんでしょうか？　よく街の野良猫と遊ぶ姿を目にします」

「あー、確かにな！　馬で街に来てたりしますからね」

「動物が好きか……」

しかし、一番の悲劇はベルンハルトと義理の両親がすれ違い続けてしまったことである。

ベルンハルトは養子だ、ただし、それは表向きの話。

実は、ベルンハルトは公爵家の本当の血の繋がった息子である。

幼く記憶もろくにない頃に誘拐され、辺境の地に売られたのだ。

王国では貴族の子どもの誘拐など、そう珍しいものではない。

しかし公爵家の、しかも四大貴族のフリード家の嫡男が誘拐されたことがわかると、王国中に衝撃が走った。

とんでもない人数を動員して捜索が行われたが、三か月経っても何一つ情報は得られなかった。

それでも両親は根気強く捜し続けた。

その結果、とうとう息子を見つけ、養子として引き取ったのだ。

なぜ実子ではなく、養子としたのか。

この真実を、ベルンハルトはヒロインとずっと後に知ることになる。


今日も私は、ベルンハルト・フリード改め、ベルを馬で追いかける。

寂しい屋敷を飛び出した独りぼっちの男の子を、私は追いかけていた。

ここはアルドレード家の領地の境い目で、どこまでも続く草原。

「ベルー!!　今日こそは、絶対に私と競争してもらうからね!?」

「何度も言うけど、興味ない！　君って本当にしつこいよね!?」

「君じゃない、スピカです！」

ベルは相棒の白いたてがみが立派な馬のジェニファーと、よくここに来てる。

ベル達はここで何をするでもなく、雲を眺めたり、草原を散歩したり……

「いい加減、名前覚えてくれません？」

「あのね？　別に名前がわからないから呼ばないわけじゃないよ……」

「そうなの？　記憶喪失かと」

すると、ベルは整った顔を一瞬にしてこれでもかというほど歪《ゆが》めた。

あ、会話するだけ時間の無駄だって言いたそうな顔してる。


ベルとの出会いは、私には計算違いの事故のようなものだった。

私はシャーロットとアダムの、ベルが動物、特に馬が好きらしいという報告を基にして、ある作戦を立てた。

馬が好きなベルに親しみを持ってもらおうと、私も我が家の黒い馬に乗って、草原を駆け抜けたのだ。

作戦では、私はスマートに颯爽《さっそう》と馬を乗りこなしてベルの前に下り立ち、その流れで友達になる。

そんな、第一印象を大切にした出会いをする予定だったのだ。

しかし、我が家の馬は茂みから飛び出したウサギに驚き、私の言うことを聞かない暴走馬と化してしまった。

まずいと思った私は、とっさに遠くに見えたベルに叫んだ。

「馬の止め方知ってる!?」

「なんて!?」

「だーかーらー!!　うおっ、馬の止め方だってば!!」

とんでもない攻防の末、ジェニファーに乗ったベルは私の乗る馬の横につけてくれた。

そして、何とか手綱を握ってもらう。

怖くない、大丈夫、何度もベルが呼びかけてやっと馬は止まってくれた。

正直、生きた心地がしなかったね！

その時のベルはどこか落ち着かない様子だったけど、私は改めてベルの整った顔を確認するように凝視していた。

涼しげな目元がルビーのような赤い瞳を引き立たせる。唇も形が綺麗だ。

同い年のはずなのに、もう既に上品で落ち着いた容姿に思えるのは、まだ肩につかないぐらいのセンター分けされた銀髪のせいかな？

「えっと、何かな……」

「あ、ごめんなさい！　それと、ありがとう！　私、馬に乗るの久しぶりで、運動神経はいい方だから大丈夫かなって思ったんだけど、よくよく考えたら一人で乗るのは初めてだったな～って」

「あ、そうなんだ……気を付けてね」

まあ、当初の目的の第一印象については結果は残したね……残しすぎだけど。

それから私は、一日も欠かさずに私の黒い馬と共にベル達の元を訪れた。

シャーロットとアダムとみっちり乗馬の稽古《けいこ》をしたおかげで、私の乗馬テクニックは最初の頃と比べ物にならないほどに上達した。

そして、ベルに馬で競走しろと言い続けているわけだ。

「そんなに僕と勝負がしたいの？」

「もちろん！」

「どうして？　何か理由があるよね」

「うん、教えてほしいんだ」

「何を？」

「ベルからお悩みを」

「え、僕!?　お悩みって……」

「あるでしょ？　じゃなきゃ、こんな何もない草原で毎日馬と二人きりでいるわけないもの、私が勝ったら教えて」

「僕が勝ったら？」

「何でも願いを叶えてあげる」

「……じゃあ、もうここには来ないで」

「ベルが勝ったらね……」

こうして、苦節数週間で私とベルはそれぞれの願いを叶えるために勝負をすることになった。

ベルは、生まれた時も、これから先も、自分は一人だと思っているんだろう。

そんな残酷な現実をこんな小さな体で受け止めるなんて、絶対にダメ。

私から離れたがるのは、きっと他人から与えられる情に期待しないためだろう。

ねえ、簡単に諦めたりしないで……？

問題の勝負はシンプルで、草原の丘にある木に相手より早くたどり着くこと。

私達は一斉にスタートした。

「じゃあ、約束だからね？」

「はあ、はあ……信じられない、いつの間にあんなに……」

「私って努力家なんだよね！」

「君は、いったい何者？」

「その答えは、ベルと友達になりたい通りすがりの子……とかになるのかな」

「……真面目に答えてよ」

「いやいや、大真面目だって……」

「そんなわけないだろ!!」

「ベル？　どうし……」

「もうやめてくれ!!」

ゴールに少し遅れて着いたベルは顔を真っ赤にして必死に泣くのをこらえていた。

これが、一生一人で生きていくという少年の悲しい覚悟だろうか。

家族を切望して、やっと手に入れたのにそこは空っぽ。

ベルは、愛していると他の両親が子どもにするように抱き締められたかっただけ。

けれど、ベルの両親は愛するどころかベルを見てすらくれない。

あの広すぎる屋敷は、今のベルには棺桶の中と同じだったんだろうね……

ようやく、心の中をぶつけてくれた。

「もう愛されるって期待をして、裏切られるのなんて嫌なんだ！　耐えられないんだ!!」

「私は裏切らないよ」

「そんなのわからない!!」

「わかる!!　ベル、あなたは幸せになる権利があるんだよ？　そのためなら、私は何でもする」

「何が、できるのさ……」

「じゃあ、ついてきてよ」


「どうし、て……!?」

まさか自分の家に導かれるとは思わなかったのだろう。

私の予想通り、ベルはただただ立ち尽くしていた。

私は驚いているベルの様子なんて気にもせず、門番に話しかけた。

「すみません、公爵様とご夫人は本日ご在宅ですか？」

「……失礼ですが、どちら様ですか？」

「あ、失礼いたしました、スピカ・アルドレードと申します」

「え、アルドレード!?」

ベルは目を見開いた。

「失礼いたしました、アルドレード家のご令嬢とは知らず、ご無礼をお許しください」

「構いません、それで、中には入れていただけますか？」

「今、確認を取りに行かせましたので、少々お待ちいただけますか？」

「はい、もちろんです」

ほどなくして、公爵から許可が下りたというので、私は屋敷に入っていく。

ベルは黙ってそれについてきた。

執事に通された部屋は、おそらく屋敷の中の一番広い客間で、中にはフリード公と公爵夫人が揃っていた。

「お初にお目にかかります」

私を見てから一度、後ろにいるベルを見てもう一度、二人はとても驚いている。

「スピカ・アルドレードと申します。本日は事前にご連絡もせずに、突然の訪問をお許しください」

馬に乗って草原を駆け回る私が、自由に草まみれになり遊ぶ私が、まるで貴族の令嬢のように挨拶をしているのに隣のベルは驚いている。

実際、伯爵令嬢なんだけどね？

サイモン・アルドレード伯爵、宰相の娘として、納得のいくものだったかな？

まあ、これから話す内容で保ってた伯爵令嬢の体裁も台無しだけどね……

「少し驚いたが、構わないよ？　それより、どういう目的で我が家に？」

公爵は鷹揚《おうよう》に答えた。

「……私が、こんなことを言うのは大変恐れ多いことです、ですが！　どうか私のお願いを聞いていただきたいのです！」

「どういうことだい？」

「ベルに……ベルンハルト様に、真実をお話しになってはいかがですか？」

「真実？」

「アルドレード嬢、何を……」

「お二人のお気持ちは私には想像もできません。しかし、せっかくまた家族が巡り会えたのです、こんなに素晴らしいことなのに、なぜお二人はそんなに悲しそうなんです？」

「待って、スピカ？　何の……」

「勇気を出してください。お二人はとても苦しんだことでしょう、これ以上、苦しむことは無意味です。お二人は何も悪くなんてありません、むしろ今こうして頑《かたく》なに真実を黙っていることこそが、何よりもの罪です」

「ねえ、スピカ！」

「ベル、聞いて？　黙っていたことは本当にごめんなさい、けれど、あなたと仲良くなる方法が他に思いつかなかったの」

「いやまあ、聞きたいことは山のようにあるけど、家族が巡り会えたって……」

「うん」

「意味がわからないよ……知っているかもしれないけど、僕は捨て子で、ずっと教会で……」

「誘拐だ」

フリード公が口を開いた。

まっすぐと、ベルの目を見てフリード公は言葉を続ける。

フリード公の、父親の口から次々と告げられるそれらの真実は、とても簡単に受け入れられるものではないだろう。

ベルは驚きと混乱の中で、そっと目を閉じた。

「それは……本当なの……?」

「真実だ、黙っていてすまなかった」

「そんな……」

「ベル、言って?」

「え?」

「自分の気持ちを言って?」

「……わかりません、なぜですか?　なぜ、あなた達は僕をまるで空気のように扱うのですか!?」

「ベルンハルト……」

「僕は嬉しかったんだ、夢に見ていた家族を手に入れられると！　けど、あなた達は僕に興味を抱かないどころか、目を合わせてもくれない、なぜなんですか!?　どうして、今まで僕に本当のことを言ってくれなかったのですか!?」

「ベルンハルト、それは……!!」

勢いに任せて、ベルは今まで心の中に溜め込んでいたものを一気に吐き出すように言葉を重ねた。

すると、俯いて黙っていた公爵夫人がベルをまっすぐ見た。

「怖かったのです」

ベルの両親は、やっと彼と向き合ったのだ。

ベルの銀髪はフリード公に、赤い瞳は公爵夫人に、やっぱりそっくりだ。

しかし、目を合わせた公爵夫人はベルを見て涙を流していた。

「三年と四日です、あなたを失ってから一日だって忘れた日はありません、またあなたに会える日を希望に、ずっと生きていました……けれど、いざ再会すると私はあなたに対する罪悪感に襲われ、どうして守ってくれなかったと、責められるのが怖くなりました」

「私達は真実を隠した……そして、お前とどう接していいかわからなくなった、結果がこれだ……」

「ベルンハルト、あなたを!! もう二度と失いたくはないの、二度も失って、耐えていける自信はもうないの……」

＊＊＊

どこからともなく現れては、すぐに消える台風みたいに騒がしい子。

それが、僕がスピカに抱いた最初の印象だったと思う。

ねえ、スピカ?

僕と仲良くなってくれて、暗闇から僕を引っ張り上げてくれて、本当に本当に僕は嬉しかった。

君の名前をずっと呼びたかったんだ。

ベルって呼ばれるのも大好きだ。

君に会えるのが楽しみで、朝、目が覚めるのが早くなった。

君は僕の救世主なんだよ?

「そうだとしても、ベルンハルト様は抱き締められたかったはずです!!　言葉や行動で愛情を示すのは難しいですが、そうすることでベルンハルト様は幸せになれます、お願いします!!　ベルンハルト様を幸せにしてあげてください!!」

スピカの言葉に、両親は弾かれたように僕を全力で抱き締めてくれた。

愛していると何度も言ってくれた。

おかえり、ただいまと……僕達家族は涙ながらにずっと抱き締め合っていた。

僕の夢が叶ったんだ。

スピカ、僕は願いを言えと言われたら、迷わず君の幸せを願う。

けど、その幸せの中に僕もいたいと欲張りも言ってしまうだろう。

僕は頑張るよ？

頑張って、頑張って、僕はたとえ君が暗闇に落ちても、救えるような人間になるよ。

＊　＊　＊

まあ、いつかはこんなこともあると思っていたけど、結構早かったな。

しょうがないか。

向こうは四大貴族筆頭の公爵家、私は伯爵令嬢で現宰相の娘。

むしろ、今までの数々のパーティーで、接点がなかったのが不思議だ。

次の対象者は、クラリーナ・カプリス。

私がダムレボの登場人物達の中で最も救ってあげたい人物だ。

彼女には道を間違えないでほしい。


「スピカ、今度のカプリス家が主催するお茶会ってお前も行くだろ？」

「え？　あのお茶会って、カプリス家が主催なんですか⁉」

「知らなかったの？　スピカらしいな、本当に抜けてるよね～？」

「なっ、何たる失態……」

「本当に俺がいないとダメだな？　まあ、会場では安心して俺の隣にいろ」

「いやいや、当日のオリオン様はきっとご令嬢達の対応でお忙しいと思いますよ？　ご安心を、スピカは僕が責任を持って預かります」

「はあ？　ベルンハルト、お前だって、社交界についに姿を現した幻の貴公子だと、もっぱらの注目の的ではないか？　俺よりよっぽど忙しいと思うがな？」

「ははっ、まさかまさか、オリオン様には敵いませんので、心配は無用です」

気を遣ってお互いの腹を探り合うだけのお茶会だと思ってたけど……

まさか、カプリス家主催だなんて。

最近はなぜか、オリオン様やベルが隣にいてくれるから、そんなに腹の中真っ黒の大人達の相手をしてないけど。

まず、何で二人ともここにいるの。

三日と空けずにどちらかがやってくるし、訪問の日程が偶然重なるとほぼこうして二人で喋ってるし。

しかし、不思議だな〜？

ダムレボの中じゃこの二人、特別仲がいいようには見えなかった。

何よりお互いによく思っていないような描写まであったのにな。

それより、クラリーナ様のことだよ。

クラリーナ・カプリス。四大貴族の筆頭であるカプリス公爵家の長女で、現王妃の姪にあたる。

つまり、オリオン様やシリウス殿下とはいとこ同士だ。

クラリーナ様のゲームでの立ち位置は、つまるところ悪役令嬢。

身分と権力を利用して、オリオン様の婚約者となる。

確か覚えてる限りでは、どの攻略対象者のルートを選んでも、変わらずに安定してクラリーナ様が悪役だったな。

そして、ヒロインに犯罪まがいのいじめをした罪が暴かれて、最終的には終身刑で監獄塔に送られてしまう。

「絶対に救われない悪の女神……」

「あ？　何か言ったか？」

私の呟きにオリオン王子が反応する。

「いいえ！　あの、そのお茶会ってアリー様も参加なさると思います？」

「アリー？　誰だ」

「オリオン様、本当にしっかりしてくださいよ？　カプリス公爵家とはご親戚ではないですか？」

「そ、そんなことはお前に言われるまでもない！　アリー？　あー、クラリーナの妹か！」

「そうなんです！　私、まだお会いするどころか、お見かけしたこともなくて……」

「僕も噂でしか聞いたことないけど、最近は特に体調が優れないらしいよね」

ベルが心配そうに言った。

「ああ、生まれつき体が弱いからな」

「じゃあ、今回もアリー様にはお会いできないでしょうか」

「そもそも、出席してもあいつがいる限り、アリーは居心地が悪いだろ」

「あいつって……」

オリオン王子の言葉にベルは呆れたように返す。

「じゃあ、クラリーナ様とアリー様が不仲という噂は本当なんですか？」

「最近、社交界に出てきたばかりのベルンハルトですら知っているのか……」

「まあ……何より、クラリーナ様は同じ年頃のご令嬢達の中心ですし」

「あいつは、目立つ者には容赦なく釘を打つからな」

社交界でのクラリーナ様の評判は、両極端なものだった。

確かに、ゲームでも遠くから見てる分にはいいけど、近づきたくはないという描写があった。

クラリーナ様はとても美しい。遠目から見ただけだけど、同じ年頃の令嬢達の中では断トツだ。

そしてクラリーナ様にはアリー様という三歳年下の妹がいる。

妹は生まれつき病弱で、両親や屋敷の者は常に妹を優先。

仕方のないことだとしても、それが我慢ならなかったクラリーナ様は、衝動的に眠る妹の肩をハサミで刺して一生の傷を負わせてしまう。

だけど、シナリオの最後に近づくと、三日と空けずに監獄塔に会いに来てくれた唯一の人物は、妹のアリー様だった。

しかし、結末は残酷で、クラリーナ様は初めて自分から面会を希望した日に、アリー様の目の前で隠し持っていたガラスの破片で首を切る。

お前のせいでこうなったと恨みを吐き出すのが、クラリーナ様の最後だ。

「その事件って秋とかだったかな……」

もうすぐ夏は終わる――


お茶会が開催されたのは、隅々まで手入れが行き届いた外国の映画に出てきそうな綺麗な庭園。

太陽の光が庭園に咲く色とりどりの花を照らしている。

そんな雲一つない快晴の日、有力貴族の子息や令嬢が勢揃いしていた。

「クラリーナ様、今日もお美しいわ！」

「そのドレスもとても素敵！」

「どこのお店でお求めになったの？」

「あらあら、そんなことないわ？　皆様もとてもお美しいわよ？」

私も挨拶回りに忙しくしている。

しかし、しっかりとクラリーナ様を視界に入れることも忘れない。

彼女を中心に何人かの令嬢達が輪を作っている。

盗み聞きした会話の内容が典型的なわかりやすいお世辞で、ずっこけそうになったのは内緒だ。

そこでベルがクラリーナ様に挨拶に向かう。

「クラリーナ嬢、この度はこのような素晴らしいお茶会にご招待いただき、誠にありがとうございます」

「まあ、ベルンハルト様！　来ていただけて嬉しいわ、楽しんでくださいね」

美男美女で目の保養そのものだ。

クラリーナ様は青い瞳の綺麗なつり目のアーモンドアイで、スッと通った鼻筋、毛先を少しだけ巻いた茶髪で、編み込んでハーフアップにしている。

八歳にしてスタイルは抜群。第一印象は多少キツめだが、可愛いより美人という大人っぽい子だ。

「スピカ、何を見てる？」

「オリオン様⁉　あれ、挨拶回りはもう終わったのですか⁉」

「ああ、問題ないぞ」

「終わったのではなく、強制終了したの間違いじゃないですか？」

「ベルンハルト、憶測で物事を語るのは感心しないぞ？」

「それは失礼しました」

「ベルはもう落ち着いた？」

「うん、一通りはね？　スピカ、今ならクラリーナ様に挨拶しても大丈夫だと思うよ？」

「まだ挨拶してなかったのか？」

「タイミングが掴めなくて……ベル、ありがとう！　行ってきます！」

私はすっかり、このような公の場ではオリオン様とベルと一緒にいるのが当たり前になっていた。

それ自体は気楽だし、楽しいから全然いいんだけど、あの二人って、とにかくどこでも目立つんだよね。

ほら、今も四方八方から視線が……

そんな時に突然胸元に何かがかかり、思わず声を上げてしまった。

「キャアッ‼」

「あっ」

何だろうと思って視線を前に向けると、ドレスに紅茶がかかっていた。カップを手にしたクラリーナ様が真っ青な顔で私のことを見ている。

「スピカ!!　大丈夫か!?」

「そんな大袈裟ですよ、ちょっとドレスに紅茶がかかっただけです」

「火傷は!?」

「大丈夫だって」

私の声に気付いて、すぐにオリオン様とベルがやってくる。

確かにびっくりしたが、生温い状態の紅茶だったから問題ないのだ。

けど、大丈夫だと言っても二人が私以上に慌てるから、逆に冷静になれる。

ああ、クラリーナ様に悪いことしちゃったな……

ほらもう、完全に彼女ってば怯えてるよ。

けど、こんなに紅茶が冷めるまで彼女は何を考えていたんだろう?

「あ、あなたが!!」

「はい？」

「……あなたが、私の歩く先に急に出てきたのが悪いのよ!!」

「は？」

「おい、クラリーナ!!」

「オリオン？　あなたは黙っていてくださらない!?」

「関係ない赤の他人のことなら黙っているさ！　けど、こいつのことは見過ごすわけにはいかない！」

あっという間に、注目の的だ。

当たり前だ、第二王子と四大貴族の令嬢が喧嘩しているんだから。

オリオン様もベルも、私の前に立って怒っている。

けど、クラリーナ様の周りにはあんなに大勢いた令嬢達は誰もいない。

逃げたかな……？

クラリーナ様は完全に悪役だった。

味方が誰もいなかったから、あなたは悪役になるしかなかったの？

じゃあ、悪役なんてやめちゃいな！

私はテーブルの上に置いてあるティーカップを手に取った。

もう中身がすっかり冷めていることを確認し、私はクラリーナ様の真っ赤なドレスにハーブの香り漂うシミを作った。

「社交界には本当に様々なしきたりがありますのね？　私もまだまだ勉強不足ですわね、気に入らない相手にはお茶をかけてもいいなんて、そんな面白い風儀知りませんでしたわ」

「スピカ!?」

「お前、何してんだよ!?」

「オリオン様、ベル、庇《かば》っていただいてありがとうございます！　けど、これは私とクラリーナ様との個人的問題、なんぴとたりとも手出しは許しません！」

本当にひどい有様だったと思うよ。

あれから、私とクラリーナ様は取っ組み合いの喧嘩をした。

本当に文字通り、取っ組み合いだ。

オリオン様とベルが必死に止めようとしたけど、私は入る隙間を与えなかった。

終いには、騒ぎを聞きつけたカプリス公がやってくるまでの大事になってしまった。

オリオン様が、クラリーナ様から手を出したとカプリス公に報告し、公は大慌てされた。

しかし、お詫びとして、私を個人的にカプリス家に招待してくれることになったので、結果オーライである。

「スピカ様、ようこそ我がカプリス家においでくださいました」

「ありがとうございます、けれど、あまり気を使わないで大丈夫ですよ？」

「いえ、お詫びも兼ねているので、精一杯おもてなしさせていただくわ」

カプリス家のスイーツはどれも本当に美味しくて、手が止まらない。

隣のクラリーナ様は笑顔だけど、目がまったく笑っていなかった。

何で平然とお茶を共にしているのか、気まずさはないのかとか、多分そんなことを思われているんだろうな……

けど、美味しいよ？　本当に。

そもそも、令嬢同士があんな取っ組み合いの喧嘩をすること自体が前代未聞。

でも少しだけやりすぎたけど、年相応の子どもってあんなものでしょ？　うん。

「あら、紅茶がもうないわね、メイドに運ばせるからお待ちになって？」

「あ、本当にお構いなく！」

嘘だな？　完全に席を立つ口実だ。

だから、私はすぐにクラリーナ様の後を密かに追いかけた。

すると、クラリーナ様は急に廊下の曲がり角で壁に隠れるような動作をする。

私は反対側から回り込んでクラリーナ様の視線の先を覗くと、そこにはカプリス公と年配の執事らしき人がいた。

「旦那様、アリー様のご様子は？」

「ああ、最近は笑うしよく食べる、元気になった証拠だろう」

「そうですか！　安心いたしました！」

「あの子が笑ってくれるなら、どんな犠牲もいとわない覚悟だ」

アリー様の話をしてたってわけか。

両親も屋敷の使用人達もアリー様が常に優先。

実際、カプリス家はクラリーナ様をどう思っていたんだろう？

こうして、娘の不始末の責任を取るぐらい愛情はあると思うけど……

そう思っていると、クラリーナ様は泣きそうな顔で足早にその場を立ち去る。

私も後を追おうとすると……

「一方でクラリーナにはたくさん我慢をさせてしまっている……」

「申し訳ありません、私どももついついアリー様を優先してしまって、クラリーナ様に甘えてしまっています……」

しっかりと愛されてると知らないのは本人だけってことか。

それもまた皮肉だよね……

私はすぐにクラリーナ様を捜した。

けど、この広すぎる屋敷の中を、初めて訪れた人間が捜すってのは無理がある。

どこ行った？　どこ……まさか！

浮かんだその最悪な予感が当たってくれるなと願いながら、私はカプリス家のメイドにアリー様の部屋を聞いて、一目散に向かう。

たどり着くと、ベッドで眠るアリー様と手にハサミを持つクラリーナ様がいた。

「あんたさえ、あんたさえ!!　生まれてこなければ……!!」

そして、クラリーナ様は眠るアリー様の肩めがけてハサミを振り下ろそうとした。

悪役令嬢になんて、本当は誰もならなくていいんだよ……

私は迷わず、クラリーナ様の振り下ろそうとした腕を掴んでハサミを奪う。

クラリーナ様は零《こぼ》れそうなほど、その青くて澄んだ瞳を見開いていた。

「な、んで、あなたがここに……」

「ダメよ？」

「は？」

「そんなことしたら、あなたは絶対に後悔する!!」

「関係ないじゃないの！　あなたに何がわかるのよ⁉　周りの人間に愛されてるあなたに私の気持ちなんて……‼」

「わからないわ！　けれど、本心からこんなことをしたいと思っていないでしょ⁉」

本当の悪役令嬢だとしたら、この時に妹を殺していたはずだ。

それがずっと、疑問だったけど……

クラリーナ様の今の顔を見たら、一瞬で疑問は解けた。

苦しそうで、それでも止められたことに安心したような、泣きそうな顔だった。

心の底からアリー様を憎んでいたのだとしたら、そんな顔はしないはずだ。

それは、アリー様も同じだね……？

私の視線と重なったのは、寝ていたはずの驚きと怯えの混じったアリー様の視線だった。

「妹の優先は仕方ないとはわかっても、そんな簡単に受け入れられなかったよね？」

「わかったような口をきかないで……」

「どうして？　素直に生きてよ、手を握ってほしいなら手を握ってと、寂しいなら寂しいって素直に言えばいいのよ‼」

「簡単に言わないで、私はカプリス家の長女、妹は病弱で、私まで一緒に甘えてなんていられないの!!」

ほぼ初対面の私に、まるで全てを理解したようなことを言われてクラリーナ様はとても怒っていた。

けど、叫んだと同時に流れ始めた彼女の涙は止まらなかった。

ずっと気を張っていたのだ。

誰にも甘えず、誰にも頼らずに、凛々しく逞《たくま》しいカプリス公爵家のクラリーナ様を演じるのに疲れてしまったのだ。

しかし、聞こえてくるはずのない声にクラリーナ様の涙は止まっていた。

「……お姉様、ごめんなさい」

「アリー!?　あなたいつから起きて……」

「クラリーナ様がハサミを振り下ろそうとした時には、もう既にアリー様は起きていらっしゃいましたよ?」

「なっ!?　どうして……」

「お姉様が、ようやく私のことを見てくれた気がしたからです……」

「私が?」

「私は、お姉様に愛されたかった!」

「アリー、どういう……」

「お二人はもうずっとすれ違っていただけなんですよ……クラリーナ様は周りの人間に愛されたくて、愛されてるアリー様を疎《うと》ましく思っていた。一方でアリー様は自分を憎んでいるとわかっていながらクラリーナ様に自分を見てほしかった」

「そんな……」

「お姉様は私の憧れです。自信があって堂々としていらして、いつだって後ろは振り返らず、私は置いていかれる。追いつきたくて私は必死でした……」

「アリー、あなた……」

「ごめんなさい、私のせいでずっとお姉様に辛い思いをさせて……」

クラリーナ様は後悔していたが、それが取り返しのつかないものじゃなくて本当によかった。

きっとアリー様は、とても怖くて、同時に悲しくてたまらなかっただろう。

けど、妹は大好きな姉の気が済むならと自らを犠牲にしようとした。

本当に大人は何をしてんのよ……

「クラリーナ様、あなたのお気持ちもアリー様に伝えた方がよろしいかと」

「私の？」

「気付きませんか？　あなたは、たった一人の血を分けた妹を純粋に愛したいと思っていたんじゃないですか？」

「私、が……？」

「積もりに積もった嫉妬心はなかなか消えてはくれないかもしれません。けど、本当はあなたは人を愛することに喜びを感じる人です、道を間違えてはなりません」

＊　＊　＊

私はアリーの手を何年ぶりかに握る。

ただそれだけのことで、私の心の中が満たされていくのが自分でわかった。

愛されたい、それよりも愛したい。

こんな宝物を傷つけるなんて、本当に私はどうかしていたのだ。

「アリー、私と一から姉妹をやり直してくれる？」

「はい……お姉様っ!!」

誰かの前で涙を流すなんて、今まではありえないことだった。

スピカ、あなたはどこから来たの？

あなたは私の心の囲いを、いとも簡単に飛び越えてくる。

やり方はむちゃくちゃで、きっと周りは苦労をするけど、私はあなたと一緒にいるのが楽しい。

もう演技はおしまいにする。

これから私は生きたいように生きて、愛したいものを愛する。

私の目標はね？

今度は私があなたの涙を拭いてあげることよ。

＊＊＊

私の最近の課題は、どうやってヒロインに会うかということだった。

王国の都市部に近い場所に暮らす登場人物達とは違い、ヒロインは辺境の地の男爵令嬢なのだ。

パーティーにも来ない、辺境の地に行く機会もない。

まさに八方塞《ふさ》がりだった。

しかし、そんな時に舞い込んだのは、モブキャラなのに無駄にハイスペックな私に訪れた、一世一代のチャンスだった。

「お父様!!　お願いします、私も連れていってください。絶対にお仕事の邪魔はしませんから!!」

「いやしかし、今回は人員も最小限に抑えているからな……」

「大丈夫です!!　剣のお稽古《けいこ》も武道のお稽古《けいこ》も毎日欠かしていませんし、自分の身は自分で守ります!!」

お父様が宰相として視察で、一か月ほど家を空けるのは昔からよくあることだ。

今回もいつもと同じように聞き流そうとしていたのだが、耳を疑った。

まさにその地はダムレボのヒロイン、リリー・キャメロンの故郷だったのだ。

私はお父様に会う度に、連れてって攻撃を繰り返している。

私って諦めが結構悪い方なんだよね。

「アダムもシャーロットもいます!　お父様も二人の優秀さはご存知でしょう!?」

「スピカ様、あまり旦那様を困らせては……」

「シャーロット、何を言うの？　その地では王都では見たことのない石でできたアクセサリーがあるの！　それに、美味しいフルーツが有名らしいの！　それだけで行ってみたいでしょ!?」

「へー、確かに魅力的ですね！」

「そうでしょ、アダム!!」

「ちょっと、賛成してどうするのよ！」

　そんなやり取りが一週間続き、ようやくお父様の許可が下りた。

　まあ、シャーロットが「旦那様はお嬢様の頑固さは諦めておられるご様子でした」とか言ってたけど、そんなの私の知るところじゃない。


　リリー・キャメロン。辺境の地の男爵令嬢で『キングダム・レボリューション』のヒロイン。

　十六歳の誕生日と同時に故郷を離れて学園に編入を果たし、攻略対象者達と愛を育んでいく。

　人に寄り添う優しさで攻略対象者達に安らぎと愛を与え、クラリーナ様の残虐非道《ざんぎゃくひどう》のいじめにも勇気を持って最後まで立ち向かった。

　彼女は常に笑顔を絶やさない、私の中のヒロインオブヒロインだ。

　その笑顔は天使のようだが、その裏には悲しい過去があった。幼い頃に母を病気で亡くして、それがきっかけで父は心を閉ざし、自室に引きこもるようになってしまった。

会話も減り、このままではダメだ、どうにかしようと考えるが、まだ幼い双子の弟と妹の世話もある。

父にかかりきりになってばかりもいられず、彼女には母を亡くしたことを嘆く暇すらなかった。

最終的にどのルートでも、リリーの父は療養のために教会に預けられる。

リリーは攻略対象者と幸せになったと表記されているが、本当にそれはリリーの望む結末だったのだろうか。

ダムレボはリリーの独白から始まる。

「お父様……もうすぐサイモン伯爵様がご到着されます」

返事のないドア。

「ご安心くださいね、私が責任を持っておもてなししますから」

空中に消える私の声。

「ロータスとマーガレットは元気です、毎日走り回って大変ですよ」

気を抜いたらお父様の声を忘れてしまいそう。

私は前世で、なぜこんなに悲しいプロローグにしたのか、制作会社は本当に売る気はあるのかと、ネットに書かれているのを何度も見たことがある。

しかも、シナリオでこのプロローグの伏線の回収はされなかった。

けど、今の私には、これはヒロインであるリリーの叫びなのだと、心が千切れそうになるほど理解できる。


今日はお父様がキャメロン男爵家の領地を視察する日。

「旦那様、スピカ様、到着です」

「本当に!? お父様、窓を開けて！」

「わかったから、慌てるな」

「……うわあ、自然がいっぱい！」

「本当に綺麗なところだ」

馬車を降りると、心地好い風に乗って緑の爽やかな香りがする。

空も王都よりも澄んでいて、これならきっと星が綺麗に見えるだろう。

一か月に及ぶ視察の間は、キャメロン家が私達のお世話をしてくれるらしい。

直前になって決まった私の同行も、キャメロン家は快く受け入れてくれた。

「サイモン・アルドレード伯爵、スピカ様、ようこそ、遠い我が領地までお越しくださいました」

「お越しくださいました！」

「おこっ、お越しくださいました」

リリーは期待以上の美少女だった。それに天使のような双子までいる。

綺麗な緑の瞳と、ゆるく巻かれた黒のロングヘア、右耳の上の辺りに百合の髪飾りをしていて、本当に人形のように整った顔立ち。

「ありがとう、一か月と長い滞在になる上に、娘も同行するというわがままも聞いてもらって申し訳ない」

「いえ、とんでもございません」

「スピカ、挨拶を」

「スピカ・アルドレードです、リリー様？　リリーと呼んでもいいかしら？　同い年ですし、仲良くしていただけると嬉しいですわ」

「はい、こちらこそ」

美少女な上に礼儀正しく、完璧なヒロインだったが、キャメロン男爵の姿はどこにもない。

けど、お父様はそのことを口にすることはなかった。

それに、いくら辺境の地と言え使用人の数が足りていない気がする……

シャーロットとアダムの報告にあった、キャメロン男爵が男爵夫人が亡くなってから部屋に閉じこもっていること、外交もやめてしまったこと、それでだんだん人が離れてしまったことは本当のようだ。


ここに来てもう一週間経つけど、私はリリーが座っている姿を一度も見た覚えがない。眠れているんだろうか？

だって、今はやっと日が昇ったぐらいの時間。なのに、リリーは厨房で全員の朝食の準備をしているんだから、そうも思うよ。

「今日は卵サンドね？」

「そうなんです、お口に合うといいんですけど……スピカ様!?」

リリーは驚きのあまり、後ろに大きく後ずさった。

本人は隠したがっているけど、私はリリーが家のこと全てを取り仕切っていることに気付いていた。

「おはよう、リリー、何か手伝うわ！」

「いいえ！　とんでもないです！　お客様にそんなことさせられません！」

「卵を潰せばいいかしら？」

「スピカ様、どうかおやめください」

「だって、リリーったら、すごく無理をしてるでしょ？　私達が来て食事の量や洗濯物が増えたからよね？」

「そんなこと……!!　今日はコックが休みを取ったのでたまたま……」

「どうして隠すの？　毎日出てくるお料理は美味しいものばかり、洗濯物はシワもなくて、お屋敷の中はいつも綺麗よ？　リリー、あなたのおかげじゃない」

「スピカ様、知って……」

なぜ褒めるのって顔で、困惑してるリリーも可愛かった。

リリーがそんなに必死に隠す理由はプライドなんかじゃなくて、全ては家を、家族を守るため。

リリーはキャメロン男爵は何も取りしきっていないことがバレて家がお取り潰しになることに怯え、私と距離をとっている。

最初から気付いてたよ……

「ねえ、リリー？」

「は、はい」

「私も手伝う！　料理はまだ簡単なものしか作れないけれど、掃除や洗濯は少し自信あるの！　二人でやれば早く終わるでしょ？」

「そうですが……」

「終わったら、私と遊んで？　どうしても申し訳ないと思うのなら、それがお礼ってことにして！　お願い！」

あの後、シャーロットとアダムにも手伝ってもらい、お昼過ぎには全ての作業が終わっていた。

料理、掃除、洗濯、家事は終了だ！

終始リリーが私に対して、伯爵令嬢なのにって顔で、困惑してたのは見て見ぬふりだ。

「リリー、こっちよー!!　ロータスとマーガレットもいらっしゃい!!」

「よし、競走だ!!」

「ロータス、ま、待って」

「誰に何を言えば……とにかく！　全員気を付けて!!」

そして、私はリリー達を森を抜けたところにある小高い丘に連れてきた。

私はドレスで誰より早く駆け登る。

それをロータスとマーガレットが真似をして追いかけて、リリーは心配であわあわしている。

「はあ、はあ……」

「リリー、大丈夫？　疲れちゃった？」

「あの、体力というより気をいろんなところに向けすぎてと言いますか……」

「お姉様、遅いぞ‼」

「大丈夫？　お姉様……」

「リリー様の心中、お察しします」

「まあ、じきに慣れます」

「シャーロットにアダム⁉　いつの間にそこに⁉」

何で？　二人して瞬間移動の能力とか身に付けちゃった⁉

どうやって私達より先に丘に来たの⁉

「ずっと、ここにおりましたよ？」

「スピカ様は周りを見ていなすぎです」

「えー？　そうかな……？」

「スピカ様？　こんな丘に何かご用でも？」

「あら？　リリー、ここに住んでいるのに知らないの？　こっちに来てみて」

リリーの言葉に対して、私はリリー達を登ってきた方向とは反対側に来るように手招きする。

ゲームの中で初めてそれを見た瞬間、私は……

そう、今のリリーと同じように、驚きと興奮で心臓が速くなったのを思い出す。

目の前には、どこまでも続く海と水平線が広がっている。

「も、もっと！　もっと見たい！」

「マーガレット様？　よろしければ私がお抱えしますよ？」

「本当に⁉　シャーロット！」

「俺も見たい！　アダム、肩車だ！」

「はいはい、ロータス様」

「二人とも⁉　ちょっとわがままは……」

「大丈夫よ……リリー、あなたにこの景色を見せたかったの」

「私に、ですか？」

「海が好きなんじゃない？　お屋敷の中に飾ってある海の絵、あれってあなたの絵でしょ？」

「え？　あ、はい！　そうです！」

「やっぱり！　けれど、ダイニングに飾ってある絵だけは雰囲気が違うわね？」

「あの絵は……亡くなった母が生前に描き残したものなんです」

「そうだったのね」

「母がまだ生きていた頃は、よく父と母と三人で海に行きましたけど……」

初めて母親のことを語るリリーからは、楽しさと同じくらいの悲しさと切なさが伝わってくる。

「リリー？」

「あ、はい！　スピカ様！」

「美味しい食事のお礼に、楽しいことをたくさん教えてあげるわ!!」

私が滞在中は、せめて夢のようなひと時を過ごしてほしい。そう思って、私は全力でリリー達にたくさんの楽しいことを教えた。

王都で流行中のお菓子の作り方、前世のボードゲームやトランプ遊び、王都のキラキラしたお話。

そして、領地をたくさん歩いた。

リリーがずっと忙しくて、あまり外に出ていない間に、領地内の環境もたくさんのことが変わっていると思ったからだ。

そして、ここはこうした方がいいなどの私なりのアドバイスや、リリー達の意見をまとめたりして、ほったらかしの領地をよくする方法を一緒に考えた。

「スピカ様、今日もとても楽しかったです！」

「え？　私のおかげじゃないわよ？　リリー、ロータス、マーガレット、みんなで遊ぶから楽しいのよ？」

「いえ、ロータスとマーガレットのあの笑顔はスピカ様のおかげです……」

「……その二人は？」

「少し疲れてしまったのか、着替える途中で眠ってしまったらしくて……」

「あらま、それなら、夕食まで寝かしておいてあげましょう！」

「そうですね」

「リリー？　今日はね、あなたのためのとっておきのお話があるの！　聞いてくれる？」

「私のためですか？」

「ええ、そうよ」

「わあー、ぜひ！　聞きたいです！」

ずっと考えていた、どうやったらこの家族を救えるのか。

そして、私はこのゲームのヒロインにふさわしいやり方を選んだ。

私はゆっくりと優しく歌うように物語を話し始める。

「あるお姫様は、王妃様を亡くしてから引きこもってしまった王様の分まで、朝から晩まで一生懸命働きました」

娘は諦めず、父を支え続けている。

「ある日、一人の魔法使いが迷い込んできました……その魔法使いは、お姫様と小さな双子にたくさんの魔法を教えました」

娘は諦めず、幼い弟と妹を守る。

「その魔法使いは旅立ちます、その時にお姫様に幸福の魔法をかけました」

「スピカ様、あの……」

これはリリー・キャメロンの物語。

王様はキャメロン男爵で、王妃様は男爵夫人、小さな双子はロータスとマーガレット。

迷い込んだ魔法使いは、私だ。

リリーの呼びかけに、私は話すのを少し止めて、ゆっくり振り向く。

「そして、最後に魔法使いはお姫様にこう言いました……リリー、あなたはとても頑張った。人のために生きるのは少し休んで、自分のために生きて？　好きなだけ泣いていいのよ？」

リリーの涙が溢れ出す場面が、この物語のクライマックスだ。

「ああ……わた、し……!!」

「苦しかったよね？　辛かったよね？　お母様の死を受け入れられなくて、自分の気持ちの整理をする暇もなくて泣けなかったよね？」

「私は愛する家族をこれ以上失うのが怖くて!!　守りたいのに、私には何もできなくて、泣かないようにずっと……!!」

「リリー!!　私の愛しいリリー!!　今まで本当にすまなかった……!!」

突然聞こえた声にリリーは涙を流したまま顔を上げた。

頼りなく泣いて、すっかり痩せてしまっているけれど、そこにはリリーの大好きな人がいた。

ずっと声が聞きたくて、ずっと抱き締めてほしくてたまらなかっただろう。

＊＊＊

「な、んで、お父様が……」

「俺が多少強引に……スピカ様に、何が何でもこの時間にこの場所に男爵様を連れてくるようにと言われましたので」

「アダム、強引って何したのよ⁉　シャーロット、止めてよ⁉」

「できかねます」

「そんなことある⁉」

　スピカ様は彼らのすました顔を見て驚く。

「お父様は、いつから聞いて……」

「最初からだ……リリー、愚かにも私はもう何もかも終わりだと思っていた。だが、私にはお前達がいたな」

「お父様……」

「遅くなって本当にすまなかった。お前一人に背負わせて、私ばかり悲しみにくれて……もう大丈夫、亡くなったお母様の分まで私はお前達を愛する」

「うあああ……!!」

あなたは本当に魔法使いですか？

スピカ様、あなたは私に家族と、領地の希望、笑うこと、本当にたくさんのことを残してくれた。

これが幸福の魔法なのですか？

あなたは、自分のために生きろと私に言いましたよね？

私、一つわがままができました。

あなたの隣に立ちたいです。

きっと、この先も苦しいことがすごく多いと思いますが、私はあなたの隣に立つためなら何だってできる気がします。

あなたの隣であなたと笑い合うために、私は強くなります。

＊＊＊

私は貴族の令嬢には珍しく、剣や武道の稽古《けいこ》も前世を思い出した五歳の時からずっと続けている。

自分の身は自分で守る精神だ。

はじめは、お父様にはそんなこと必要があるかい？　と言われた。

お母様にはそんな暇あるなら、もっと他にやることがあると注意された。

シャーロットやアダムには何のために自分達がいるんだと責められた。

けど、私は絶対に譲る気はなく、精神年齢は二十をとっくに過ぎてるこの年でイヤイヤ駄々っ子攻撃を仕掛けた。

わずかなプライドさえ捨てた理由は、攻略対象者、セドリック・ドーソンと仲良くなるためだった。


「スピカ様、本日もお疲れ様です」

「ありがとう！」

「どんどん腕を上げていますよね？　本当にすごいです、スピカ様！」

「アダムにとったら全然でしょ？」

その時、急ぎ足でこちらへ向かってくるシャーロットが見えた。

「スピカ様！」

「シャーロット！　今日の稽古《けいこ》は終わりよ！　すごくいい天気だし、久しぶりに市場に行ってみない？」

「お疲れ様でございます！　市場は申し訳ないのですが、本日は少し難しいかと……」

「え？　何か予定があったかしら」

「そうではなく、オリオン殿下、ベルンハルト様、クラリーナ様がお揃いでいらっしゃってます」

「また⁉」

「本当によく来られますよね～？」

シャーロットに急かされ、私は急いでドレスに着替えて、テラスに向かう。

オリオン様とベルは通常運転だけど、最近はクラリーナ様まで加わり、すっかり我が家は賑やかだ。

それにしても、第二王子に四大貴族の二人がいっぺんに集合なんて……

うん、やっぱりおかしいよね？

「お待たせしました‼」

「スピカ、遅いぞ‼　本当に毎回お前は……」

「あら、女性を待つことも殿方の務めではなくって？　本当に相変わらず、オリオンは子どもなんですから」

「王国の未来が心配ですよ、まったく」

オリオン様のお小言に、クラリーナ様とベルが呆れたように言う。

本当に仲良くなったよね、数か月前の自分達のこと覚えてるのかな……？

「えーと、本日は……」

「スピカ様！」

「はい？」

「こちら、リリー・キャメロン様からのお手紙です」

「ありがとう、シャーロット」

「リリー嬢から？」

「今回も可愛らしい便箋《びんせん》ね」

「しかし、一週間と空けずによくやり取りが続くな」

「いや、三日と空けずに我が家にやってくるあなた達が、それ言います？」

リリーとはずっと、私が王都に帰ってきてからも文通を続けている。

手紙には、領地の改革の進み具合、ロータスとマーガレットの成長、キャメロン男爵の奮闘ぶりが綴《つづ》られていた。

大変そうだけど充実しているようだ。


「この間なんですけど、僕、初めてドーソン団長を見たんですよ」

「え!? ドーソン団長って、あのジェイコブ・ドーソン様よね!? 帰ってきてるの!?」

「あら、スピカったら食いつくわね」

「ジェイコブに何か用でもあるのか?」

「あー、特に用はないんですが……」

これはトラウマ払拭にいいかも……


セドリック・ドーソン。騎士団団長であるドーソン伯爵家の嫡男で『キングダム・レボリューション』の攻略対象者の一人である。

子どもの頃は「父ジェイコブ・ドーソンのような騎士になる」が口癖で、セドリックにとって父は憧れで絶対的な存在だった。

父を目標に毎日稽古《けいこ》に励んで努力を惜しまなかったが、思うように上達しない。さらに最強の騎士と名高い父と比べられるばかりで、周りからの心ない言葉が彼に重くのしかかるようになる。

やがて、父への憧れは激しい憎悪へと変わってしまった。日課だった父との稽古《けいこ》もやめて、裏社会と繋がっているような連中と行動を共にするようになってしまう。

父はその状態になっても何も言わず、セドリックの素行の悪さはエスカレート。ついには暴力事件を起こし、学園を退学処分になり、家からも勘当される。

学園在学中にヒロインと恋に落ちれば、改めて騎士を目指すことになるが、悲恋エンドになれば闇取り引きに巻き込まれ、国外追放の身になる。

どちらの結末でも、父のジェイコブとの和解は果たせていなかった気がするんだよね……

「ついに、ついに、この日が……!!」

「スピカ？　先ほどからどうした？　気分でも悪いのか？」

「いいえ、お父様……むしろその逆で、最高の気分ですわ!!」

「そ、そうか……」

今、私とお父様は、セドリック・ドーソンの屋敷に向かっている。

私は転生してから、こんなに緊張と興奮で震えたことはなかった……

震えは止まらないし、期待値は最高潮だ。

どうして、こんな急展開になったのかというと、何と私のお父様とセドリックの父親ジェイコブ・ドーソンは旧知の仲で、学生時代は共に未来を語り合った、唯一無二の親友だという。

お父様！　もう本当に、もう……!!

私はこれを聞いた時、文字通り屋敷中を叫び回った……嬉しくてね？

ここだけの話だが、私のダムレボのイチオシはジェイコブ様なのだ。

セドリックのルートに入った時に、スチルで一度見ただけだが、もう顔も雰囲気も全てがドタイプだった。

セドリックも息子だけあって似ていることは似ていたが、大人の魅力がまだまだで、将来に期待という感じ。

「どれくらいぶりだろうか……」

「そんなに長いこと、ジェイコブ様とはお会いになってなかったのですか？」

「お互いに忙しくてな？　特に騎士団の団長となれば桁違いだ」

この王国は年中無休の戦争大国である。

よって、騎士団の団長であるジェイコブ様は戦場に駆り出されて、何か月も帰らないなんて普通なのだそうだ。

けど、最近は和平路線へと動きが変わってきた。

そうなれば、お父様とジェイコブ様はまた昔みたいに会えるようになる……

「確か、最後に会ったのは、セドリックがまだ赤ん坊の頃だったか？」

「私と同い年なのですよね？」

「そうだ。当時はジェイコブと、子どもを通してまだ長い付き合いになるよとよく語り合ったものだ」

「お父様、嬉しそう！」

「……スピカ？　くれぐれもセドリック相手に剣術の話はするな」

「え？　どうしてですか？」

私の質問に、お父様は気まずそうな複雑そうな顔をしていた。

ごめんなさい、お父様。

私、実は全部知ってるんです……

この日のために私は剣と武道の腕を磨いてきたと言っても、過言ではないんです。

「よく来てくれた！　サイモン！」

「親友の久しぶりの帰還だ！　この俺が来ないはずがないだろう！」

「本当に久しぶりだな」

「ああ、ジェイコブ、よく無事で……」

「まだまだ、王国の行く末を見届けるまでは倒れるわけにはいかないさ」

親友と久しぶりの再会を果たしたお父様は、父親や宰相としての顔ではなく、無邪気な子どものようだった。

その証拠に一人称が俺に変わってる。

そんなお父様を初めて見たので、私は少なからず驚いていた。

ジェイコブ様と話すお父様は嬉しそうで、本当に仲がいいんだなとほっこりした気持ちになる。

そして、私の前にはセドリック・ドーソンが立っていた。

「お初にお目にかかります、セドリック・ドーソンと申します」

「本日はお招きいただきありがとうございます。スピカ・アルドレードと申します」

初対面の挨拶はきっちりしておかなきゃね。

「セドリック様、本日のお稽古《けいこ》はもう終了してしまったんですか？」

「え？」

「実は、私も幼い頃から剣や武道の稽古《けいこ》しているんです。もしよかったらセドリック様の稽古《けいこ》のご様子を見たいなと……」

「あー、申し訳ないですが、もう剣も武道もやめたんですよ」

セドリックは同世代の子どもでは背が高い方だった。

長い手足にほどよく筋肉もついてて、まだ稽古《けいこ》をやめてからそんなに時間は経っていないのか、別の理由か……

くっきりと鋭いヘーゼルの瞳で彫りが深く、赤茶の全体的に撥《は》ね上げた髪型がワイルドで、とても大人びている。セドリックは私の質問にどこかバツが悪そうに答えた。

私が残念がるか驚くかの反応をすると思ったのだろうが、違うよ。

私は、ニヤリと笑った。

シャーロットとアダムの報告で、君の最近の動向は把握済みだよ。

「じゃあ、稽古《けいこ》を再開しましょう！　今すぐに！」

「いや、もう剣は握らないと……」

「体がなまってしまいますよ!?　やめるのは簡単ですが、取り戻すには倍の時間がかかるんです!!」

「知ってるけど、いやでも……」

「騎士団に入るために、今までずっと頑張ってきたのではありませんか!!」

「なっ、なぜそれを!?」

それから私は、セドリックのことを屋敷中追いかけ回した。

さすがの体力と運動神経だ。

セドリックは私の隙を見て塀から脱走したつもりだろうが、計画通りだ。

きっと、セドリックはいつも通りに仲間の溜まり場のある、酒場の裏路地に行くのだろう。

一本深く路地を進めばそこはいわゆる貧民街で、裏社会に通じてる人間や前科者がゴロゴロいる。

どこもかしこも喧嘩ばかりで、そこでは血を浴びるのも当たり前の世界だ。

私はあらかじめ、シャーロットとアダムに探してもらっていた抜け道を抜けて先回りをする。

「セドリック様!! もう、置いていくなんてひどいですよ!?」

そして、何でもないようにセドリックの前に笑顔全開で現れる。

あのセドリックの顔は、もしカメラがあったら写真を撮って飾っておきたいぐらいだった。

早いもので、あれから三週間たった。

三週間、飽きることもなく私はこの貧民街に通っている。

本当に今までいろんな稽古《けいこ》をして、備えておいてよかった。

そうじゃなきゃ、普通の令嬢がセドリックのあのスピードに追いつくことができるわけがない。

そして、私は三週間ずっと同じセリフをセドリックに言い続ける。

「セドリック、騎士団に入るためには稽古《けいこ》の再開だよ！　あと、私に剣術を教えてってば！」

「……じゃあ、俺が剣術を教えたらもうここには来ないか？」

「え、教えてくれるの!?　アダム、セドリックをお願い！」

「は？　待てよ、俺はまだあああ!?」

彼が、自分から何らかの条件を出すことを待っていた！

私はこの機を逃さないように、近くに隠れていたアダムを呼ぶ。

案の定、セドリックは驚きの表情。

アダムに担がれ、セドリックは馬に乗せられてそのまま走り出した。

「質問していいか!?　許されるよな!?　とりあえず、あなたは誰ですか!?」

「これは申し遅れました、スピカ様専属の執事でアダムと申します。隣を走るのはスピカ様専属のメイドでシャーロットと申します。以後お見知りおきを」

「ご丁寧に……」

アダムが素早く処理して、抵抗する暇も隙も与えなかったので、セドリックは大人しく馬にまたがっている。

そして、私はというと、アダムが一緒に連れてきた馬でものすごいスピードで先頭を駆けていく。

モブの伯爵令嬢、馬にも余裕で乗れる。

目的の場所にたどり着き、馬を近くの木に繋いで、アダムがセドリックを下ろすのを待っている。

アダムは手荒な真似をしてしまって申し訳ないと謝っていた。

セドリックは若干泣きそうだが、まあ後で謝ろう、うん。

そして、セドリックは場所を確認すると一目散に出口に向かう、予想通りよ。

「アダム!!　捕まえて!!」

「……ああ、セドリック様、本当に本当に申し訳ございません!!」

「放せ!!　今すぐ放しやがれ!!」

「抵抗しても無駄よ?」

「無理矢理連れ去ったかと思えば、よりによって何で……!!」

ここは王国騎士団の訓練所。

騎士達に聞くと、セドリックは少し前までは飽きるほど通っていたのだとか。

今のセドリックは、きっと死んでも足を踏み入れたくない場所だろうけど……

セドリックがアダムの手から逃れようとする。

けれど、すぐにその足は止まった。

「セドリック、逃げるな！！！」

「……お、やじ？」

「逃げるな、言いたいことがあるなら全部を俺にぶつけろ!!」

「な、んだよ、それ……!!」

「俺は騎士としては胸を張れても父親としては、落ちこぼれだ!!　だから、お前がどうしてそうなってしまったのか、俺にはわからないんだ……!!」

「……ふざけんなよ!!　今まで散々放っておいたくせに!!」

「向き合う勇気がなかったんだ、本当にすまなかった……」

ジェイコブ様に背を向けて、セドリックは再び歩き出す。

ジェイコブ様が引き止めるけど、セドリックは無視して歩き続ける。

私はそんなセドリックを追いかけた。

セドリックがどんな思いで剣を置いたか、どんな思いでジェイコブ様の背中を見つめてたのか、全て無駄なことなんてないよ。

誰より、ジェイコブ様の息子でいることに誇りを持ってるくせに……

そして、私は自分の最大の力でセドリックを後ろに引き戻す。

セドリックは振り返らなかった。

「……スピカ、放せよ」

「絶対に嫌」

「お前に俺の気持ちなんか……!!」

「わからないよ！　わかるわけない！」

「じゃあ、構うな!!」

「向き合わなきゃ！　逃げちゃダメだよ！　他人の言うことなんて関係ないじゃん！」

「理想、語ってんなよ……」

「だって、そうでしょ!?　他人のバカみたいな意見に流されて、大切なもの見失うな!!

セドリックにとって、一番大切なのは誰の意見!?　誰に認めてもらうことなの!?」

「……おれ、は」

「親子揃って、不器用すぎなんだよ」

私はセドリックに、二本の剣を差し出した。

セドリックは目を見開く。

見間違えるはずない、それはセドリックがジェイコブ様との稽古《けいこ》で、ずっと使っていた剣なんだから。

しばらく微動だにしなかったセドリックは、私から自分の剣を奪う。

そして、セドリックはジェイコブ様に斬り掛かっていった。

同時に父親への想いを吐露した。どれだけ自分が苦しくて悔しい思いをしたか。剣を握る勇気がなくなったこと、情けなくて逃げ出したこと、父親が憎かったこと、本当はその背中に追いつきたかったこと。全てをぶつけた親子喧嘩の結果は……

「はあ……ボロ負けか」

「それは当たり前だろ？　サボり魔に簡単に勝たれてたまるか」

「それもそうだな……」

「ボロボロだね、セドリック」

私はセドリックに微笑む。

「うるせっ」

「セドリック……」

「あ？」

セドリックはジェイコブ様に顔を向ける。

「……俺は、お前が騎士になってくれなくてもいいんだ……元気に胸を張って生きてくれさえすれば、毎日笑顔で生きてくれたらそれだけでいいんだ。お前が生まれてくれただけでお前は俺の誇りだ」

＊　＊　＊

泣くな、なんてそんなの無理だった。

やっぱりクソ親父だ、こんなに放っておいたくせに、親父としては最低だ。

けど、やっぱりかっこいい。

誰より強くて、勇気があって、王国の国旗を背負う親父はかっこいい。

俺がずっと憧れた理想の騎士だ。

生まれただけで誇り？　そんな甘えたこと言わせねえよ。

絶対に俺は、親父の背中を任せられるような騎士になってやる。

世界を変えるなら、お前みたいな奴がそれをするんだろな。
なあ、スピカ。その勇気はどこからくる？
人のために、どうしてそんなに一生懸命になる？
俺にはないものをお前は持ってる。
この先きっと、お前のそのまっすぐさを脅威に感じる奴がいる。
けれど、俺はお前に斬り掛かる全ての敵からお前を守りたい。
そして、絶対に倒れない。俺が倒れる時はお前が倒れる時だ。
スピカ、俺はお前に一人で茨の道を歩かせるなんて絶対にしない。

＊　＊　＊

ついに、ここまできた。
ダムレボの主要の登場人物達のうちの五人を救って、残すは一人のみ。
けど、この最後の一人は、一番慎重にことを進めなければならないのだ。
一発勝負みたいなもので、間違えたら取り返しのつかないことになる。
だから、シャーロットとアダムにはかなり前から見張ってもらっていた。

生きてほしい。

リオン・ターメリックを、私は絶対に死なせないと誓った。

「シャーロット、本当なの⁉」

「ええ、間違いありません。最近のリオン・ターメリック様は、お屋敷を抜け出す回数が急激に増えました」

「行き先は⁉　アダム‼」

「バラバラですが、共通してることは廃墟で高い建物だってことですかね」

「あああ……どうしよう‼」

「スピカ様⁉」

「大丈夫ですか⁉」

シャーロットとアダムからの報告を受け、私は慌てた。

「スピカ様、あの、私もアダムもずっと疑問に思ってきたのですが……」

「え？」

「この調査は、リオン・ターメリック様を救うためということなんですよね？」

「え？　あ、え？」

「惚《とぼ》けても無駄ですよ？　オリオン殿下、ベルンハルト様、クラリーナ様、リリー様、セドリック様、スピカ様が俺達に頼んだ調査は結果的にこの方々を救うきっかけになっています」

「それ自体はいいんです！　悪いことをしているわけではありませんし、何よりスピカ様のためなら、私達は何でもいたします」

「けど、もうそろそろ、俺達には教えてください！　スピカ様には、なぜ未来がわかるんですか⁉　いったい、お一人で何をしようとしているんですか⁉」

「スピカ様……私もアダムも、スピカ様の力になりたいのです、どうか……」

シャーロットとアダム、ごめんね？

今までずっと不安を感じながらも、私を信じて黙っていてくれたのだろう。

そして、今も信じようと私を助けようとしてくれている。

二人がこんなにかけがえのない大切な存在になるなんて、思わなかったな。

ごめんね？　もう少しだけ私のわがままに付き合ってね？

「終わったら全部話す……だから、もう少しだけ付き合ってね」

嘘をついた――

リオン・ターメリック。ターメリック侯爵家の次男で『キングダム・レボリューション』の残る最後の攻略対象者である。

高貴な生まれなだけでなく、リオンは王国内で一目置かれる頭脳の持ち主で、天才と呼ぶにふさわしい人物だ。

リオンには病弱な母がいる。

幼い頃に母が病弱になった原因は自分を産んだからという話を聞いて、その罪悪感から、リオンは大好きだった母に会えなくなってしまう。

部屋に引きこもって発明ばかりするようになるが、周囲の大人は天才は一人にしておいた方がいいと決めつけ、誰もリオンに構わなくなっていった。

次第にリオンは、自分なんか生まれてこなければよかったと思うようになり、飛び降り自殺を図る。

しかし、失敗して、右足に麻痺《まひ》が残り車椅子生活になってしまう。

ヒロインと恋に落ちれば、生きる意味を見つけて自傷行為をやめるようになるが、悲恋エンドはヒロインと共に自殺するという悲しいものだった。

僕は空っぽな人間なんだよ。

生まれてこなければ……

――鳥になって飛んでいきたいな。

「リオ……ン、待っ……!!　夢か……」

私はずっとリオンの夢を見続けている。

シナリオ通りの最悪な結末で目が覚めるのだ。

本当に毎朝寝覚めが悪くて、そのうちおかしくなりそう……そもそも私が眠れないのは、毎日欠かさずにリオンを尾行してるからだ。

最近のリオンは部屋を飛び出して、無意識に高い建物を探し求めている。

そして、たどり着いたのは……

王都から離れた場所にある、レンガ造りの無駄に見渡しがいい廃墟。

リオンルートのスチルのままの建物。

案の定、リオンはあと数歩踏み出せば落ちるような場所に立っていた。

「スピカ様の言う通りだ……リオン様が選んだのはこの廃墟でした！」

「今はどう考えても感動なんかしてる場合じゃないでしょう!?　スピカ様、本当にこんなことするんですか!?」

「他に思いつかないもの」

「いや、絶対に何かもっと、他のいい方法があるはずです！」

「目標から目を逸らさず、まっすぐが大切ですよ、スピカ様！」

「アダム！！！」

「……先に謝る、ごめんね！」

リオンはなかなか、その数歩を踏み出そうとしなかった。

足が震えて進めないいんだろう。

普通だよ、君は弱虫じゃないよ、死ぬのは誰でも怖いに決まってるんだから。

私は、そんなリオンにボールを直撃させた。

そこそこのスピードだったな……

「……え？　イタッ!?　すごく痛い!?」

「すみませーん、ボールがそこに落ちてませんか？」

「はい!?」

「ボールです！　黄色のボール！」

その声の正体を確認するために、体を乗り出すリオン。

瞳は宝石のように輝く紫で、ふわふわのマッシュショートの銀髪、同年代に比べると華奢《きゃしゃ》で、小動物のような愛らしさ。

性別は男だけど、本当に美人である。

そんなリオンに見惚れている暇もなく、私はボールを取ってと叫び続ける。

とにかく、一刻も早く、リオンを下ろしたかったのだ。

「あの、ボールってこれ……かな？」

「そうそう、それ……え!?　もしかして、ボールが当たりました!?」

「え？」

「いや、だって、なぜか、おでこだけが不自然に赤いですよね!?」

「あ、ああ、これか……けど、避けられない僕も悪いし」

「いえ、全てこちらの責任です！　本当に申し訳ございません！　さあ、シャーロット？　すぐに手当てを！」

「あの、本当に大丈夫です……」

リオンの言葉をわかりやすいほど無視して、私は強引にことを進める。

リオンはまだ何か言いたそうだが、そんなことはこれから飽きるほど聞いてやる。

リオンはアダムにお姫様抱っこをしてもらった状態で、私達は一目散にターメリック家に急いだ。

「この度は事前のご連絡もせず、突然の訪問をお許しください！　しかし、緊急事態なんです！　私は、スピカ・アルドレードと申します！」

「やっぱり、そうだ！　サイモン伯爵のご令嬢のスピカ嬢ですよね⁉」

「え、あ、そうですよ？　改めまして、リオン・ターメリック様？　この度は本当に申し訳ございませんでした」

リオンに対して答える、清々《すがすが》しいまでの私のその演技に、逆に周りは気付いていなかった。

私とリオンの出会いは、リオンの自殺と引き換えとなったのだった。


「リオーン！　ボール取ってー！」

「わ、わかったー！」

こうして、六回目の自殺未遂も無事に私のボール取っての叫びと共に終わる。

もう六回目だ。

さすがに、わざと私がタイミングを見計らっているのはリオンも気付いている。

シャーロットとアダムに自分を見張らせていることも気付いている。

リオンが廃墟から出てきて、そのまま私達は何らかの遊びをする。

鬼ごっこ、かくれんぼ、乗馬など。

それらの遊びをした時の、アダム達の身のこなしは只者じゃないからね……

「リオン、今度私の家に遊びに来て！　シャーロットの作るパンやお菓子はもう本当に最高よ！」

「本当に⁉　行ってもいいの？」

「もちろん、リオンは友達だし！　私の友達も紹介する！」

「あ、え、仲良くなれるかな……」

「大丈夫！　リオンの話って私達の知らないことばかりで面白いし！　みんな、いい子ばかりだし、リオンならすぐに仲良くなれるわよ！」

けれど、リオンが私達と過ごす日々が心地好くなっているのも気付いている。

私にとっても、とても穏やかな気分にさせてくれる。

このまま、リオンが死ぬことなんて忘れればいいのに……

翌日、その願いは儚《はかな》く散っていく。

「リオーン！　今日は何して遊ぶ⁉」

今日も私は廃墟の下から、リオンに話しかける。

けど、下りてきてはくれなかった。

「リオン様？　どうしました～？」

「今日はパンを持ってきました、一緒に食べませんか～？」

アダムとシャーロットも呼びかける。

「リオン……？」

とても気持ちのよい風が吹く。

こちらを見るリオンの顔は儚《はかな》くて、スッキリした顔だ。

まるで、全てを諦めたような……

口が動いた。ご、め、ん、な、さ……

それだけで、私が走り出す理由には十分だったんだ。

「様子おかしいわよね、絶対に!!」

「スピカ様、どうし……あれ!?」

アダムの声に答えず、私は廃墟の中に入り、屋上に続く階段を三段飛ばしで上っていく。

ねえ、リオン？　誰も望んでないよ？

死んだら、そこで全てが終わり。

誰も悪くないんだよ、気付いてよ！

鳥になって、空から見守る？

神様は、死んだら、それこそ君のことを許してくれないよ？

「絶対にダメだからあああ!!」

「うわっ!?」

突然現れた私の存在にリオンは反応できず、そのまま背中から倒れる。

ほら、冷静じゃないよ？

普段なら、途中から呼びかけなくなった私に気付くはずだもの。

すると、リオンは涙声で私に怒る。

「何で……邪魔するんだよ!!」

「は？」

「初めて会った時から、ずっとだ!!　もう本当にいい加減にしてくれよ!!」

「リオン……」

「僕はこの世界に生まれてきてはダメな人間だったんだよ!!　お願いだから死なせてくれよ、邪魔するなよ!!」

「死ぬな！！！」

「え、スピカ……？」

「生まれてきちゃダメな人間なんて、絶対にいない!!　誰だってこの世に生まれてきた意味があって……そして、その人生を精一杯に生きなきゃいけないの!!　生まれてこられなかった魂の分まで……!!」

「そんなの……」

「それに私は、リオンが!!　友達が死ぬのは嫌だよ!!」

私は嫌だ嫌だと子どものように泣きじゃくり、リオンを抱き締めた。

リオンも一緒に泣いていたけど、なぜかありがとうと言った。


「母上、具合はどうですか……？」

「あら？　そちらのお嬢様は？」

「あ、えっと……」

「どうも、お初にお目にかかります、スピカ・アルドレードと申します」

「まあ、ご丁寧に！　ロゼット・ターメリックと申します。アルドレードというと、まさか宰相様の!?」

「はい、サイモン・アルドレードは私の父でございます」

「まあまあ、こんな姿で申し訳ないわ」

「いえ、お構いなく」

「ええと、リオンとはどのような？」

「リオン様とは友人として、とても親しくさせていただいております」

ひとしきり泣いた後で、リオンは私とシャーロットとアダムにも自殺をしようとした理由を話してくれた。

時折言葉を詰まらせながら、リオンは嘘偽りなく話してくれた。

全てを聞き終わった後で、私はリオンの母上に直接聞けばいいのだと言って、リオンを引っ張ってきた。

はっきり言うと、リオンの力では私には敵わないから、ここまで連れてくるのは楽勝だった。

「それで、なぜ、二人は目を泣き腫《は》らしているの？」

「え、あ、その……」

「リオン、やっぱりバレバレだよ」

「喧嘩でもしたの？」

「喧嘩は……してない、です」

「……実は、今日はリオン様からお話があるみたいなんです」

「あら、何かしら？」

「スピカ!?」

「早い方がいいでしょ？」

私は言いたいことだけ言って、お茶を飲み始める。

シャーロットもアダムもリオンに背中を向けている。

あくまで、私達は空気だ。

ここから先は、リオンにしか話をする権利はないのだから。

ロゼット様は、何だか期待の眼差しで見ているけど……非常にやりにくいね。

リオンは深呼吸をしてから、経緯を話し始める。

「母上、実は……」

「ええ」

「自殺を七回しようとしました」

「……どういうこと？」

「あ、その……」

「リオン、ちゃんと話して」

「僕、母上の病気は僕を産んだことが原因だって大人が話しているのを聞いたんです。それからずっと、僕は生まれてこなければよかった、死んだら鳥になって母上を見守るから神様許してって……そんなことばかり考えて」

「それで自殺を？」

「……はい」

「リオン？」

ロゼット様は平手でリオンの頬を打った。

リオンの右頬には赤みがさして痛そうだった。

「そんなこと二度としないで!!」

「ごめん、なさい……!!」

次の瞬間には、リオンはロゼット様のとても温かい腕の中にいた。

＊＊＊

母上に叩かれたこと、怒られたことはこれが初めてで、抱き締めてくれたのは本当に久しぶりだった。

母上は僕にたくさん話をしてくれた。

病気は僕のせいではなくて、生まれつきだということ、一人で辛い思いをさせて申し訳なく思っていること、父上と兄上は僕と話したがっているということ。

僕は自分のことばかりで、大切なものが何も見えなくなっていたんだ。

母上、もう少しだけ待ってて。その病気を治す薬を、絶対に僕が発明してみせるから。
元気になったらいろんな場所を一緒に歩こう?
僕には友達と呼べる子がいなかった。初めての友達がスピカで良かった。
生きる勇気、向き合う勇気、人と関わる楽しさ、嬉しくて泣くこと。
君といたら僕はきっと退屈しない。
それから、スピカ?
僕は君が笑うと嬉しくて、手を繋ぐとこのまま繋いでいたいって思う。
君の隣はドキドキして、世界が一気に華やかになった気がするんだ。
こんな気持ちをくれてありがとう。
愛する気持ちをくれた女の子に胸を張れる生き方を、僕はするよ。

# 第二章　束の間の平和な学園生活

懐かしいとさえ思う五歳の私が前世を思い出したあの日から、あっという間に八年の時が流れた。

私は今年で十三歳になる。

それはつまり、物語の舞台であるシックザール学園への入学を意味する。

今日は、シリウス殿下とガブリエル様の婚約パーティーだ。

私は一人、壁際でこれから始まる学園生活のことを考えていた。

「スピカ！　やっと見つけたぞ！」

「え⁉　あ、オリオン様！」

「何で、こんな壁際にいるんだ！　パーティーは好きだろ？」

「そうなんですけど、今日はお偉い方々ばかりなので……」

「何を言っていますの‼　あなたはこの王国の宰相の娘ですのよ？　堂々としていなくてどうしますの⁉」

「クラリーナ様！　まあ、確かにそうですけど……」

「スピカ様なら大丈夫ですよ！」

「そうそう！　いつもみたいにスピカは笑っていればいいんだよ！」

「ったく、パーティーに不慣れなリリーと、パーティーが嫌いなリオンにまで慰められたら終わりだぞ？」

「スピカ！　そうだよ、今日はすごくおめでたい日なんだから楽しもうよ！」

「セドリックにベルまで!? みんな、この中からよく私を見つけたね」

あっという間に、ダムレボの主要登場人物全員大集合である。

それにしても、みんなゲーム通りに美しく成長したな……

オリオン様は金色の髪に青い瞳で、容姿だけなら出会った頃は天使のようだったけど、今はもうすっかり天使要素は抜けて野性的な風貌になっていた。

ゲームの設定にあった兄への劣等感は、もうなくなったと言っていい。

ベルンハルトは銀髪に赤い瞳の美少年という感じだったが、今はこの歳にしてもう色気が出始めている。

両親とのすれ違いはなくなり、モテるのはゲームの設定と変わらないが、女遊びの片鱗《へんりん》すら見られない。

クラリーナ様は、茶髪のハーフアップにきつい目元で典型的な悪役の容姿だったが、今は柔らかく笑うことが増えて、この年代の令嬢では断トツの美人に成長した。

妹のアリー様を溺愛するばかりか、社交界に不慣れなリリーまで可愛がっており、すっかりお姉さんである。

リリーは黒髪に緑の瞳で、まるで人形のように整った美少女である。

ゲームでは家の事情で十六歳の時に編入してくるのだが、男爵が采配を振る中、何も心配いらないキャメロン家はリリーに学園を楽しんでおいでと送り出して、彼女は王都に慣れるために半年前から我が家に住んでいる。

セドリックは赤茶色の髪にヘーゼルの瞳で、一番背が高いのは八年経った今も変わらない。

父とは相変わらず喧嘩も多いが尊敬もしていて、今では未来の騎士団団長は確実と期待も厚い。

リオンは銀髪に紫の瞳で、出会った頃の女の子に間違えられるほどの美人ぶりは、さらに磨きがかかっている。

二年前に母の病気の新薬を見事に開発した。今は体を鍛えながら発明も欠かさず特許を取りまくっている。

そんな美形に囲まれて、私、スピカ・アルドレードは、どこの国からきた珍獣だと思われるような悲惨なことにならないのか。

その点心配いらないのは、美形の両親のおかげなのだろう。

琥珀《こはく》色の髪に青紫の瞳は、我ながら最高の組み合わせだと思う。

おかげでちょっと体形に気を付けるだけで、私は陰口を言われない程度の容姿を維持している。

「しかし、兄上は大丈夫だろうか……」

「え、心配なんてあるんですか？　シリウス殿下ですよ？」

「リオンの言う通りですわ、オリオンが心配するなんて不要じゃありませんこと？」

「あのな……自分の婚約式、しかも初恋の相手との婚約式だぞ？」

オリオン様の言葉にリオンとクラリーナ様が答えるが、それにオリオン様も反論する。

「何度かお見かけしましたけど、仲が良さそうで幸せそうでしたわ」

「まあ確かにな……シリウス殿下は恋をしてから変わられたな」

「いろんな表情をするようになったからね、そういや僕らもそろそろ婚約者を探さなきゃだよね」

リリーにセドリックが頷き、ベルも賛同した。

そう、今日は第一王子のシリウス殿下の婚約発表パーティーである。

そのお相手は、隣国の侯爵家のガブリエル・ウォルター様。

シリウス殿下とガブリエル様は同じ年の十七歳、オリオン様から聞いた話ではシリウス殿下の一目惚れだったらしい。

いつもの知り合いばかりの楽しいパーティーは好きだが、今日は各国のお偉い方々が出席しており、若干どころかものすごく息苦しい。

けれど、私はそれとは別の意味で息苦しさを感じていた。

私が最も恐れている、ゲームシナリオの強制力。

物語を本来のシナリオ通りに戻そうとする強制力が働くとするなら、この婚約式が一つ目のターニングポイントだ。

ゲームで絶対に行われるはずがない、シリウス殿下の婚約式。

本来のシナリオならありえないことが今この場で起きている。

シリウス殿下がシナリオ通り死んでいたら、きっとガブリエル様は他の誰かと婚約をして、結婚していたに違いない。

私が物語をぶっ壊さなければ登場人物達の人生もバラバラだ。

オリオン様はとっくに即位しているはずだし、ベルはいまだに社交界には姿を現していないはず。クラリーナ様は妹のアリー様と笑い合うはずがないし、リリーはここにいない。セドリックは騎士団の団服を着ているわけがないし、リオンはきっと車椅子だ。

私というイレギュラーな存在がいなければ、それぞれの登場人物達が関わりを持つことはなかった。

ちょっと、仲良くなりすぎだとは思うけど……

「スピカ？　聞いていますの!?」

「はい!?」

「絶対に聞いていなかったよね？」

「まあまあ、クラリーナ様もベルンハルトもそんなに言わなくても」

「リオンとリリー、お前らはとことんスピカに甘いんだよ」

「そんなことありませんよ？　ねえ、リオン様？」

「えっと、何の話ですか？」

「お前の婚約者の話だ！　まったく。まあ、サイモンのことだ、可愛い娘の婚約話など聞きたくないだろうし、きっといまだに何もしていないんだろ？　まあ、困った時にはこの俺が……」

「私の婚約者の話なら、お父様に相談済みですよ？」

あれ、何か急に静かになったような。

誰からも返事が返ってこないのを不思議に思って周りを見ると……

みんな各々固まっていた、なぜ!?

「ええ⁉　スピカ様、婚約者の方をもうお決めになったんですか⁉　あ、その方の領地はどこですか⁉　私も近くに嫁ぎます‼」

「いや、リリー、そんなことで婚約者を決めるのはどうかと……」

「聞いていませんわ‼　スピカ、三日以内に連れていらっしゃい‼　私が認めた相手でなければ許しませんわよ⁉」

「クラリーナ様⁉　あれ、いつから母親的ポジションに⁉」

「スピカ、いつの間に……僕は、僕は、君さえ幸せなら……うわあああ‼」

「リオン、どうしたの⁉　泣かないでよ⁉　えー、私が悪いの、これ……」

「そっかー、良かったなー」

「え？　セドリック、あの……？」

「そっかー、良かったなー」

「セドリック‼　戻ってきてー‼」

「ねえ、スピカ？　どこのどいつ？　名前と身長と体重を教えてくれる？」

「笑顔なのに怖いよ、ベル⁉　名前はともかく、身長と体重は何に使うの⁉」

「スピカ」

「は、はい？　オリオン様……」

「そいつは俺よりいい男か」

「え？」

「そいつは俺よりもお前を幸せにしてくれるのか？」

「え、え？」

「……俺よりそいつが好きなのか？」

「ちょっ、ストーップ!!　誤解です!!　婚約者を決めたわけではないですよ!?」

私はモブとしての立ち位置、転生してきたということを忘れたことはない。

この王国の貴族は通常では十三歳から婚約者探しを始めて、十五歳ぐらいで正式な婚約者を見つける。

つまり、十七歳で婚約者を発表したシリウス殿下は、王族としては異例の遅さと言っていい。

とにかく、終わりよければ全てよしという感じだけど、ここ三年ぐらい王宮はシリウス殿下の婚約者問題でピリピリしていた気がする。

オリオン様も我が家に遊びに来る度に兄上が……と、私に毎回のごとく胸の内を明かしていた。

まあ、シリウス殿下が優しすぎるが故に、婚約者を一人に決められなかったというのが最大の原因なんだろうけど。

そんな時に現れたガブリエル様。

隣国との交流会のお茶会に出席していたのをシリウス殿下が一目惚れ。

止まっていた時が一気に動き出した。

「オリオン様、私達もそろそろお祝いのお言葉を言いに行った方が……」

私は今日の主役にご挨拶していないことを思い出した。

「いまさらか？　散々言ってきただろ？」

「公式の場ではまだですよ⁉」

「確かにそうでしたわね！　まだ、リリー、セドリック、リオンの紹介もガブリエル様には済んでいませんし」

「ええ⁉　でっ、殿下の婚約者様にご挨拶ですか⁉　緊張します……‼」

「リリー、気持ちはわかるよ⁉　今、僕も心臓が飛び出そうだよ‼」

「ハハッ、リリーとリオンはまだシリウス殿下と話をするのですら緊張するからね？」

「なぜだ、ベルンハルト？　自然にしていれば、何の問題もないのだぞ？」

「まあ、やっぱり、オリオン様とシリウス殿下では違いますよね～」

「スピカ？　それはどういう意味だ？」

「な、何でも!?」

「どうせもう顔は知ってるんだ、改めて名乗るだけだろ」

「ほら、セドリックみたいにもう少し楽に考えてみたら？」

「ベルンハルトの言う通りですわ！　何より、これからもオリオン、ベルンハルト、私の友人を続けていく限り、こんなことは当たり前になりますのよ？　早いうちに慣れてほしいですわ」

リリーとリオンを励ましながら、シリウス殿下とガブリエル様の元へ向かう。

婚約パーティーの前に行われた婚約式には、弟のオリオン様、四大貴族のクラリーナ様、ベル、そしてなぜか私まで同席していたのだが、その時にガブリエル様には挨拶を済ませている。

なぜに私は出席したのだろう？

宰相の娘だからかな……オリオン様に言ったら、将来のためだとかはぐらかされたけど。

ガブリエル様は、青い流れるような髪に紫の瞳と透き通るような白い肌で、とにかく艶やかな美しい方だ。けど、近づきがたい容姿とは違って、とても気さくで話しやすい。

私はガブリエル様が大好きになった。

「兄上、ガブリエル様、改めてこの度はご婚約おめでとうございます」

「おお！　オリオン、ありがとう！」

「ガブリエル様、私の友人でまだご挨拶していない者達がおりまして、ぜひご挨拶したいと」

「まあ、わざわざご丁寧に！」

リオン、リリーは何とかガチガチになりながらも挨拶を終えて、セドリックに関しては余裕なのか何も考えていないのか……

「シリウス殿下、ガブリエル様、この度はご婚約おめでとうございます！　ガブリエル様、今日はまた一段とお美しいですわ！」

「スピカ嬢、よく来てくれた！」

「お褒めの言葉、恐縮ですわ、スピカ様もとてもお美しいです」

「いえいえ、そんな……あ、ガブリエル様！　今年から、シックザール学園に編入されるという噂は……」

「本当です！　確か、スピカ様達も今年ご入学ですよね？　きっと楽しくなりますわね、心強いわ」

「ガブリエル、何かあったら遠慮なく僕に言ってほしい、君の悲しんでいる顔は見たくないんだ」

「シリウス様、あなたが側にいてくだされればそれだけで私はとても幸せですわ」

あっという間に、二人の世界に入ってしまいましたとさ。

私はみんなに目配せして、この場を離れることにした。どうぞ末永くお幸せに……

しかし、あんなに博愛主義者だったシリウス殿下がこうなるなんて、恋は人を変える

とは言うけど。

それからまた数日後、私は友人達を招いて自宅でお茶会をしていた。

「もう十日後か……シックザール学園への入学は」

「あれ、セドリック寂しいの？」

「はあ？　そんなわけあるか!!　スピカはどうなんだよ」

「私は、お父様とお母様が大袈裟に心配はしているけど、シャーロットとアダムは一緒に来てくれるし、何より、全寮制だからみんなとずっと一緒にいられるし！」

「僕もだ、スピカと一つ屋根の下で暮らせるなんて楽しみだよ」

「ベルンハルト、忘れたか？　スピカだけじゃないぞ？　俺達や何なら王国中の貴族達との共同生活だ！　ますます、お前とは仲良くなれそうだ」

「オリオン、この際だからはっきり言わせてもらうけど、心から遠慮する」

「リリーは、明後日から寮に入るんだよね？」

「はい！　アルドレード家をはじめとして皆様には本当にお世話になりました！　今度は、一足先に私が準備を終わらせて皆様をおもてなしします！」

「任せましたわよ、リリー？　とにかくこれで長い学園生活もいいスタートが切れそうですわね」

「クラリーナ様、アリー様は寂しがっておられませんか？」

「確かにな……きっと、アリーを宥《なだ》めるのは一苦労だろう」

「オリオンまで……まあ、頑張ってはいますけど……」

「今日は、珍しくクラリーナ様とは一緒にいないんだな？」

「お姉様の顔は、しばらく見たくないと怒鳴られてしまって……」

「けど、気持ちわかります、私も王都に出てくる時のロータスとマーガレットを説得するのに苦労しましたから……」

セドリックとリリーもクラリーナ様を気遣うように声をかける。

「まあ、夏と冬に帰るとは言ってもちょっと長いよね……」

「スピカもそう思う？　何より、今までこんなに長く離れたことなんてないだろうしね」

「ああ!! じゃあ、私達からもアリー様を説得に行こうよ！」

「スピカ、何を言いますの？　みんなの手を煩《わずら》わせるわけには……」

「おお、いいんじゃないか？」

「え、ちょ……」

「私も行きます！　アリー様にも久しぶりにお会いしたいですし！」

「あれ、リリー、荷造りは？」

「ベルンハルト様ありがとうございます！　けれど、もう三日前には全て終わっているので大丈夫です！」

「クラリーナ様の家か～、お茶菓子が美味いんだよな……」

「セドリック、それ目当てでしょ？」

「じゃあ、全員行くってことかな？」

「クラリーナ、そういうことだ」

「決まり！　くれぐれもアリー様にお伝えしておいてくださいよ？」

「本当に来るんですの!?」

＊＊＊

何がどうしてこうなったのか。それから数日後、私達はクラリーナ様の自宅に押しかけてきた。

「アリー!!　待ちなさい!!」

「絶対に止まりませんわ!!　お姉様にはどの道、絶対に追いつけませんわ!!」

クラリーナ様は、あれから何かが吹っ切れたようにアリー様を可愛がった。

アリー様が社交界デビューをした時もクラリーナ様は付きっきりだった。

心配のしすぎでアワアワしていたのを覚えている。

けど、アリー様も十歳だ。

少々過保護すぎないかと思ったが、当のアリー様が現状に満足しており、雛鳥《ひなどり》のごとくクラリーナ様にベッタリだ。

病弱だったアリー様だが、クラリーナ様と私達が仲良くなってから外で遊ぶことも増えて、体力もつき、すっかり健康体となっていた。

昨日の、シリウス殿下の婚約パーティーで話をした通りに、私達は有言実行をして朝からカプリス家に押しかけた。

そして、アリー様も交えてカプリス家の見事なバラ園で、私達は楽しくお茶会をしていた。

本当に楽しくしていたのだが、クラリーナ様が学園の話をし出すと、アリー様は一気に不機嫌になってしまった。

「はあ……また学園のお話ですか？　聞きたくありません」

「でも、アリー？　もうすぐで私は学園に行ってしまうの、喧嘩したままなのは嫌だわ……」

「学園に行かなければいいんです」

「アリーも、あと三年すれば僕らと一緒に通えるよ？」

「ベルンハルト、私は三年後の話なんかしていません、この瞬間の話をしているのです！」

「アリー!!　ベルンハルトになんて口の利き方をするのですか!!」

「……もういいです!!　みんな、お姉様を学園に連れていきたいのでしょ!?　勝手にしてください!!」

アリー様は泣きながら叫ぶと、バラ園を飛び出してしまった。

クラリーナ様が慌てて追いかけて、私達もすぐにそれに続く。

アリー様が馬小屋から馬に乗って屋敷を出ていくのが見えて、クラリーナ様はパニック寸前だった。

クラリーナ様が制止をかけても、やっぱりアリー様は止まらず、仕方なく私達も馬で追いかけることにした。

クラリーナ様を落ち着かせて、セドリックと一緒に馬に乗ってもらった。

「どうして、リリーやアリーまで馬に乗れるようになっているんだ？」

「なっ!?　オリオン様？　なぜ、私の方を向くんですか!?」

「心当たりがお前しかないからだ、スピカ。あんなに病弱だったアリーはどこに行ったんだ」

「さ、さあ……」

「性格も、何だかどんどんクラリーナに似てきた気がするな」

「そうですね、確かに……え!?」

アリー様は馬を下りて、今度は近くの大きな木に登り出した。

「アリー!!　今すぐ下りなさい!!　どこで木登りなんて……スピカッッ！！！」

アリー様の様子を見てクラリーナ様は鬼の形相で私に振り向いた。

「わわっ、私が教えたとは限らないじゃないですか!!」

「違うのか?」

「申し訳ありません」

オリオン様は呆れながら私に確認した。本当のことなので何も言い訳できない。

いつの間にかずいぶん離れてしまったようだ。森のすぐ近くまで来ている。

「みんな危ない!!」

「……ちょっ、みんな止まって!!」

ベルとアリー様の突然の制止の声に、みんな反射的に手綱を引いた。

馬がびっくりして高く鳴いたが、私達はベルの視線の先の異変に気付く。

そこには岩よりもデカい狼がいた。

体が真っ白で目が赤かった。

「な、何ですかあれ……狼?」

「まあ、そうだと思うけど、いくら何でも大きさが異常だよ」

「しかも、毛が白くて瞳が赤いなんて怪物以外の何物でもないだろ……」

私の疑問にベルとセドリックが答える。

「ああ……!!　とにかく、アリーを、アリーをあの木から……!!」

「クラリーナ様、落ち着いて!!」

「もし、今下りてみろ、アリーはあの無駄に長い爪で八つ裂きにされるぞ」

リオンとセドリックがクラリーナ様を必死に落ち着かせる。

「わ、わかりましたわ……」

「さてと、どう切り抜けるかだ」

「オリオン様、あの大きさに勝てますか？」

「普通の狼ならばたやすいが、あれとは今日が初対面だからな」

アリー様はクラリーナ様の必死のジェスチャーによって、木にしがみついておけという指示をわかってくれたらしい。

目配せで一斉に剣を抜き、オリオン様、ベル、セドリックが前に出る。

私とリオンはクラリーナ様とリリーを背にして、後ろに回る。

全員からの何で私が剣を持っているんだ、という少し冷たい視線は無視だ。

狼はアリー様のしがみつく木から私達に興味を移したらしい。

そして、暗い森の中から、太陽の光が照らす私達の場所に足を踏み出した。

私達は反射的に一歩後ろに下がる。

しかし、太陽の下に出た瞬間……

「グアアアアアアッッ！！！」

狼は突然苦しみ叫んだかと思うと、目の前で炎に焼かれてしまった。

狼は一瞬のうちに燃え尽き、私達の前にはその残骸《ざんがい》しかなかった。

その残骸《ざんがい》も、不自然に吹いた風に跡形もなく飛ばされてしまった。

あんな狼、ゲームには……

「本当に、どれだけ心配したか……!!」

「お姉様……お姉様、ごめんなさい」

とにかく、無事にアリー様を怪我なく救出した私達は、馬に乗ってカプリス家に戻ることにした。

カプリス家に着いてから、クラリーナ様はとにかく泣いていた。

アリー様は、自分の仕出かしたことで泣いてしまったクラリーナ様を前に、ただただ謝るしかできずに半泣きだ。

みんなには初めてのクラリーナ様の涙、白い巨大狼にと、とにかくいろいろありすぎて頭が限界らしい。

何より、空気が重すぎるって!!

「アリー様？　在学中は私達が責任を持ってクラリーナ様をお守りしますわ。どうかクラリーナ様が学園に入学するのを認めていただけませんか？」

「スピカ、あなた……」

「今回のことでおわかりになったかもしれませんが、クラリーナ様は誰よりアリー様を大切に思っていますよ？」

「そうですよ？　クラリーナ様のお話はアリー様のことばかりですわ。アリー様のお話をされている時のクラリーナ様は、とても幸せそうですよ？」

リリーが助け舟を出してくれた。

ありがとう！　リリー、あなたはなんて気配りができるいい子なの！

私は目でお礼を言う。

すると、ベル、リオン、オリオン様、セドリックもアリー様を宥《なだ》める。

いや、本当に仲良くなったな。

ゲームでは逆ハーエンドがないからそれぞれに接点なんてないし、むしろクラリーナ様は悪役令嬢だからお互いに印象最悪だったのにね。

「……三年早く生まれたかったです」

「アリー？」

「私もお姉様とみんなと!!　一緒に学園に入学して、一緒に卒業したかったです!!

ずっと一緒にいられたのに、私を置いていかないで……」

「アリー？　誰もあなたのことを一人にしないわ。私とアリーが双子だったならきっと楽しいわね、でもね？　妹として接して私に甘えてくれるアリーが私は大好きよ？」

「おねえ、さま……!!」

「妹に生まれてくれなかったら、私はアリーをこの腕に抱けなかった。だから、私はあなたが妹に生まれてくれてすごく嬉しいの。大丈夫よ？　毎週手紙を書くって約束するわ」

「約束ですわよ!?」

「わかりましたわ。ほら、カプリス家の令嬢がいつまでも泣いていてはダメよ！　涙を拭きなさい！」


アリー様はようやく落ち着いたようだ。それから少しみんなと話をした後、ダンスのレッスンの時間のようで、行ってしまった。

とにかく、カプリス家の姉妹の問題は解決したし、クラリーナ様は心置きなく学園に入学できそうだ。

本来の目的が達成したのにみんなの表情が暗いのは、新たな問題が原因だ。

「オリオン様？　国王陛下とシリウス殿下にこのことをお伝えした方が……」

「ああ、伝えておこう」

私は口火を切った。

「一瞬でしたわよね？　まるで、太陽に焼けたような……」

「じゃあ、太陽が弱点なのか？」

「……魔法が使用された」

クラリーナ様とセドリックの推測に、それまで、ずっと黙っていたリオンが呟く。その言葉に全員が息を呑んだ。

「リオン、根拠は何だ」

「前に読んだ、とても古い歴史書に書いてあったんです。魔法を使用すると自然界の規律が乱れて、影響を受けやすい動物に兆候が現れる。ライオンは赤く、魚は黒く、そして狼は白く……」

「ちょっと、待ってください!!」

「そうですわ!!　そんなこといきなり言われて信じろなんて……!!」

「だいたい、この世に魔法なんて本当に存在するのかよ!?」

「しますよ……ね？　オリオン様」

「お前は……」

ベル、クラリーナ様、リリー、セドリックはリオンとオリオン様の様子に驚いていた。

オリオン様とリオンは、難しい表情をしている。

私は前世を思い出してから、常々この世界に魔法はないのかと探していた。

理由は異世界ならあるかな……という単純なことからだった。

オリオン様と仲良くなってから、王宮の中の書庫に出入りできるようになり、私は隅から隅まで本を読み漁《あさ》った。

この伯爵令嬢の頭はやっぱりモブにしてはチートで、速読が半端ではない。

とにかく、私は王宮の全ての本を読み終え、魔法はこの世界で禁断だということを知った。

「禁断？　魔法を使うことがですか？」

「そうだ。そもそも魔法に関することは代々王族にしか伝えられない。スピカ？　禁断の書庫にも入ったな？」

「鍵が壊れてて……」

「嘘をつけ……まあ、みんなも、くれぐれも他言無用で頼むぞ？」

「オリオン、魔法を使うとどうなるんですの？」

「死刑だ」

「え!?　使っただけでですか!?」

「この王国ではな、リリー？　魔法を発動すれば、すぐさま使った者の命を奪う魔法がこの王国全土にかけられている。外国の法律がどうなっているかは知らん」

「リオンが言ってた歴史書のことは？」

「本当だろうな、基本的に歴史書には真実しか書かない」

「つまり、魔法を知る何者かがこの王国に何らかの魔法をかけたと……」

ベルの疑問に私は答える。

「魔法とは限りませんよ」

「スピカ様、それはどういう……」

「呪いかもしれない、ということです」

＊＊＊

「新入生諸君、入学おめでとう。共にこの学園で学べることを誇りに思う」

今年から生徒会長となったシリウス殿下の祝辞により、入学式は幕を開けた。

ついにダムレボの登場人物達と私は、ゲームの舞台となるシックザール学園へと入学した。

シックザール学園はこの王国の貴族の子ども達が十三歳になったら、必ず通うことになる学園である。

十三歳から十八歳の卒業まで、全寮制でみっちり教育を行う。

もちろん、夏と冬の長期休暇には家に帰れるけどね。

王国の果ての果てに建てられた広大な敷地を持つ学園は、寮に入らなければ通えない。

しかし、学園の敷地内には学生と教師の寮だけでなく、市場をはじめとした一つの街のような設備が整っており、生活に困ることはないという。

ようやくここまできたけど、安心してる場合なんかじゃないのだ。

ゲームが正式に始まるのは十六歳。

ゲームが始まるきっかけとなるリリーは、私の隣で一緒に入学式に出席しているわけだけど……

シナリオの強制力が働くのならあと三年、私は登場人物達を守らなくてはいけない。

入学式が終わると、新入生達は張り出されているクラス分けの表を見に行く。

喜び、悲しみ、とにかく周りから聞こえてくる声は様々だ。

前世でも、今もクラス分けが一大イベントなのは変わらないか。

ちなみにこの学園にはクラス替えがない。

つまり、今日発表されたクラス分けで六年間学園に通うことを意味する。

おのずと友達が決まるということだ。

「すごいね!?　僕達、七人全員同じクラスになるなんて!!」

「良かった……私、このクラス分けが本当に怖くて怖くて……!!」

「しっかし、すっげー偶然だな！」

けど、私はちょっと、いや確実に、このクラス分けは裏でやり取りがあったと睨《にら》んでいる。

この中でリリーの実家であるキャメロン家の爵位は男爵ということで身分は高くはないが、息を吹き返したように精力的なキャメロン男爵は、とにかく精力的だった。

領地が海岸沿いであることから貿易を武器に、珍しい輸入品を使って、枯れかけていた領地を復活させた。

オリオン様から聞いた話では、男爵としては異例の出世で外務大臣補佐への昇進と、伯爵の爵位が間もなく与えられるとのことだ。

さらにその手腕が認められて王都にも領地が新たに与えられるそうで、リリーの話では来年の春には王都に引っ越してくる予定らしい。

とにかく、こんなことを自分で言うのもあれだが、私達七人は目立つのだ。

第二王子のオリオン様と、四大貴族のベルとクラリーナ様は当たり前だが……騎士団団長の息子のセドリック、王国に一目置かれる天才のリオン、異例の出世を遂げた男爵の娘のリリー。

そして、宰相の娘である私ときた。

いや、おかしくね!?　四クラスある中で爵位という名のカーストレベルが偏りすぎでしょう!?

私は素直に喜んでいるセドリック、リオン、リリーとは反対側を見る。

「まあ、学園長はいい仕事をしたな」

「可愛いお願いですもの、そのくらい叶えるのは当然ですわ」

「少しは快適に過ごせるんじゃない？」

オリオン様とクラリーナ様、ベルは何やら不穏なことを話している。権力って怖いよね。

まあ、これでみんなの動向とか探りやすくなるし、結果的にはいいかな。

「スピカ・アルドレードです、気軽に話しかけていただけると嬉しいです。六年間、どうぞよろしくお願いします！」

入学式が明けて初日は、教室で前世と同じように自己紹介から始まった。

大学のようなこの階段教室で通常の授業を受けて、体を動かす授業や実験などの実技の授業は移動する。

特に授業の席は決まっていないようで、私の右にはクラリーナ様、左にはリリー、前にはセドリック、リオン、オリオン様、ベルの順で座っている。

初めての授業は、さほど難しいとは感じなかった。

おそらく、十三歳の中学一年生ほどの授業内容だろう。

つまり、これから卒業まで高校三年生ぐらいまでの授業内容を受ける。進み具合は前世と変わらないというわけか。

それより気になるのは、他の生徒達の微妙な視線だ。

私の友人達のことを何とも言えぬ熱の篭《こも》った視線で見つめている人達が本当に大勢いるのだ……。

けど、話しかけることはせず、この美男美女達を目の保養にして、遠くから見守っているというような印象。

その光景はアイドルを見守るファンか何かだ。

悪いことじゃないけど、そこにモブの私が入ってるのは申し訳ないな……

「よし、じゃあ、学園に入学して最初のランチといくか！」

「そうですね、行きましょうか！」

セドリックとリリーの言葉に、私達は頷いて教室を出ていく。

学園にはとても広いサロンがあり、生徒達は昼と夜はそこで食事をとる。

全面ガラス張りのサロンで、昼はカーテンが閉められているが、夜になると満天の星が現れ、とても幻想的な世界観を生み出す。

どれだけこのサロンで、ゲーム中の印象的なイベントが繰り広げられたか！

しかも、料理を作るのは、王国中から集められた選りすぐりのシェフ達。

見た目も味も文句なしだ。

私達は、丸テーブルを全員で囲んで仲良く食事をとる。

四方八方からの視線の圧を感じながら……

「ランチの後はどうしますの？」

「今日は入学初日だから、午後の授業は休みだもんね」

「はいはい！　予定がないなら都市部《シティーランド》に行きませんか⁉」

クラリーナ様とリオンの質問に、素早く提案をしたのは私だ。

この学園の敷地内には街がある。

貴族の子息や令嬢に何不自由ないようにとの配慮らしい。ゲームの時は特に思わなかったが、現実になると金持ちのレベルの違いにドン引きする。

まあ、それは置いておいて……

この都市部《シティーランド》は、攻略対象者達が数々のデートを重ねた聖地である。

「そうだな、一度は行かないとな？」

「よし、そうと決まれば、午後からは全員で都市部《シティーランド》に行こう！」

オリオン様から了解を受けて、ベルは私達に呼びかける。

それは学園から馬車で二十分ほどの距離にある。

都市部《シティーランド》に足を踏み入れると、まさに夢の世界に降り立ったようだ。

「あー！　あのスイーツ店！　フルーツパイが絶品なのよ！　セドリック！」

「は？　フルーツが何だって？」

ここは、セドリックとリリーが初めてデートをした場所だ！

流行や女の子の喜ぶことに疎《うと》いセドリックが、一所懸命調べたんだよ！

「きゃあああ‼　ベル！　ベル！　あの花屋だよ！　あの花屋の、百合だよ！」

「百合？　あ、うん、百合だね……？」

ここは、ベルの告白イベントの時にリリーに百合の花束を買った花屋だ！

その百合の花束を片手に、リリーへの愛を叫んだんだよ！

「帽子屋よ、リオン！　リオンは絶対にここの帽子を買うべきよ！」

「え？　ここの帽子を？　というか、僕はってどういうこと？」

ここは、リオンがリリーへのプレゼントを買った帽子屋だ！

初めてリオンが一人で外出して買い物をするっていう落涙必至のイベント！

「リリー！　ほらほら、リリーの今後の好物になる予定のゼリーのお店よ！」

「好物になる予定ですか⁉」

ここは、リリーの大好物である桃のゼリーが売られているお店！

どのルートを選んでも出てくる、必要不可欠なアイテムなの！

「慎重にお願いします！　ああ！　クラリーナ様、ゆっくりですって！　噴水に落ちたらどうするんですか！」

「え……？　あ、気を付けますわ？」

この噴水は、クラリーナ様へのお仕置きイベントの時に登場する！

そのイベントをクリアすると、必ずクラリーナ様は噴水に落ちるの！

「オリオン様！　ここの古本屋の位置を忘れないでください!!　絶対ですよ!?」

「わ、わかった！　理由はわからんが覚えるから！」

ここは、リリーへの好感度が上がってきた時に登場する胸きゅんの宝庫！

偶然を装って、オリオン様とリリーはここで親密になっていくのよ！

「夢に溢れてる！　ここは聖地よ！　まさにパラダイスそのものよ！」

私は、友人達そっちのけで思う存分に一日を楽しんだのだった。


学園に入学してから早いもので、もう一か月が経とうとしていた。

最初の一週間は大好きだったダムレボの世界観に魅了され、ほぼ毎日を学園探索に費やして、みんなに心配をかけては怒られるの繰り返しであった。

さすがに、一か月も経てば私の中のダムレボ熱も落ち着いてきた。

毎日授業を受け、サロンでランチ、寮に帰ってみんなとお喋り。今のところは平凡で楽しい学園生活を送っている。

そう、送っているはずだった……

おかしい、絶対に。

私はダムレボが大好きで、とにかく何回も隅々までやり尽くしたし、隠しキャラやお助けキャラ、すぐに退場したキャラまで名前を暗記している。

そんな私が何度振り返っても、シナリオの中に、スピカ・アルドレードなんてキャラは存在しなかったし、アルドレードの名前すらどこにも出てこなかった。

「なのに、何でこうなった⁉」


数日前に、学園での最初のテストが行われた。

この世界の貴族は、必ずと言っていいほど、学園に入学するまでは家庭教師に勉強を教わっている。

マナー、教養、ダンスもだ。

今回の試験は全体的な能力を確認するといった意味がある。

ゲームの中では、リオンが満点首席をずっと独占、続いてオリオン様、ベル、クラリーナ様、セドリックの順。

けど、リリーが編入してきてからはオリオン様に次いで三位になり、ベルから下が一つずつ順位が繰り下がるのだ。

ゲーム通りなら、リオンを筆頭に上位を独占するのは私の友人達六人のはずだけど……

「何で、私が次席なの……!?」

叫んだ私は悪くないはず、自分でも予想の斜めすぎるんだ。

勉強ができると思ったことはない。

ちなみに、前世での私の成績は常に平均ギリギリだった。

けど、目の前に貼り出された順位表では満点のリオンに次ぐ次席の、しかも満点まであと二点という高得点だ。

確かに、このスピカ・アルドレードとして自覚してから、能力がチート的だと感じてはいた。

言葉や字はすぐに覚えたし、速読はできるし、計算は速いし、運動神経まで抜群ときたもんだ。

けど、今回のことではっきりした。

スピカ・アルドレード、つまり私は、記憶力が尋常じゃなくいいのだ。

私はダムレボに関する知識を学ぶことは好きでも、普通の勉強は大嫌いだ。

マナーや教養の授業も、最初のうちは新鮮で楽しかったけれど、三か月も経つと飽きてしまっていた。

気付けば、私の楽しみは歴史と馬術と武道の授業だけになってしまった。

今回のテストだって私がしたテスト勉強といったら、教科書をパラパラと読み返したくらいだ。

前世でこの能力を持ち合わせていたらどんなに嬉しかったか。

私は登場人物達を救いたいだけだ。

むやみやたらにこのダムレボの物語を変えるつもりはないんだ。

「スピカ、すごいよ⁉　勉強は嫌いだって言ってるのに、やたらと歴史とかには詳しいからおかしいと思ってたんだよ！」

「あ、いや……リオン、勉強が嫌いなのは間違ってないっていうか……」

「うん、スピカはやらないだけでやればできるんだよね？」

「そ、そうなのかな……？」

「まあ、今までこんな風に成績に優劣がつくことなかったしね？　この結果には僕も驚いてるけど、みんなの感情はさらにぐちゃぐちゃみたいだよ？」

リオンが指差す先では、私の華やかな友人達が床に手をついてうなだれていた。

「いや、そんなに私に負けたのがショックですか⁉」

「まあ、気持ちはわかるな〜、僕もスピカに負けたら自殺しちゃうかも」

「リオン、あなたの場合は本当に冗談に聞こえないからやめて」

「スピカ嬢、いかがした？」

私の名前を呼ぶ声と共に、生徒達が道を空けるように散らばっていく。

その声の主はシリウス殿下で、そして後ろには婚約者のガブリエル様がいた。

失礼だけど、本当に失礼だけど、私に負けたことで失意のどん底にいたオリオン様達も、シリウス殿下とガブリエル様の登場で姿勢を正す。

そして、状況をオリオン様が心底不服そうに説明すると、シリウス殿下は声を上げて笑った。

「兄上!!　笑い事ではないです!!」

「すまない、オリオン……ははっ」

私の友人達はリオンを除いて、バツが悪そうな顔をしている。

オリオン様は、恐れ多くもシリウス殿下を睨《にら》んでいる。

リオンは私を見てクスリと笑う。

目の前の私に対する失礼極まりない状況から目を逸らすと、顔色の優れないガブリエル様に目が止まる。

私は、学園生活を平穏に過ごしながらも、やっぱり強制力に怯えていた。

「試合終了！　そこまでだ！」

「はあ……はあ……あー！　ダメだよ、また負けた！」

「リオン、そんな落ち込むことないよ」

「ああ、始めたばっかりの避けることに必死だった頃に比べたら、本当に見違えるようだぜ？」

「うーん、そうかもしれないけど……」

「セドリックの言う通りだ、攻めるようにもなったし、確実に成長してる」

「というか、本音を言うと、僕達ってリオンに頭では間違っても敵わないし、剣術ぐらいは上でいたいよね？」

「え？　ベルンハルト、そこなの!?」

クラリーナ様を除く私達六人は、剣術の稽古《けいこ》をしていた。

学園の中には闘技場があり、そこでの稽古《けいこ》は毎朝の日課になりつつある。

私はリリーに剣術を教えながら、横でイケメン四人のやり取りを眺めていた。

やっぱり、イケメンが揃うと破壊力が半端ないよね！

おまけにそこにあるのは熱き友情とか、青春そのものだよね！　最高だよね！

「スピカ様？　どうされました？」

「ううん、何でもない！　というか、リオンもだけど、リリーも剣さばきが上手くなったよね！」

「ありがとうございます、けれど……やはり、セドリック様とスピカ様のレベルには遠く及びませんわ……」

「前から思ってたんだけど、リオンとリリーに剣術って、この世でベストスリーに入るくらい必要ないような……」

「それをスピカが言いますの？」

クラリーナ様が闘技場に現れて声をかけてきた。

「クラリーナ様、おはようございます」

「どうしたの、何かあった？」

「揃いも揃って忘れましたの？　今日は男女共に実技の授業ですわ、もう準備の時間ですのよ？」

今日もお美しいクラリーナ様は、心底呆れたという態度。

クラリーナ様だけは、私達の毎朝の日課に参加することはない。

まあ、大抵は本を読みながら稽古《けいこ》が終わるまで待っているか、時々機嫌がよかったら、クラリーナ様自ら特製の紅茶を淹れてくれる。

彼女が言うように、今日は男女別の実技の授業だ。

私達はその場で別れて、私、クラリーナ様、リリーは家庭科室に向かう。

男は馬術で、裏の山まで馬を走らせるのだとか。

一方で、女は前世でいう調理実習だ。

井の中の蛙になるべからず精神の家庭科の先生による、庶民の生活を体験しようという授業内容である。

授業内容が想像していたより普通の学校らしくて、お金持ち学園にしては安心する。

まあ、家庭科室とは名ばかり、普通の学校の家庭科室とは別物だが。

その有様に言いたいことは山のようにあるが、それにしても、シンクをクリスタルにする必要はあったのだろうか。

「本日の課題はシフォンケーキです、道具をたくさん用意しましたので、ご自由に飾り付けなさってください」

学年合同の授業は三〜四人の班を組んで行うので、私はいつも通りにクラリーナ様とリリーと班を組む。

さっそく、私達はシフォンケーキ作りに取り掛かった。

オーブンを余熱し、ハンドミキサーで卵白を混ぜていく。

ちなみに、この世界に最初からオーブンやハンドミキサーなんて便利なものがあるわけもなく。これらは全てリオンの発明品である。

リオンは私達と友人になると、次々と私達の要望を叶える発明品を生み出してくれた。

もちろん、それらは大ヒット！

我がアルドレード家の料理長も料理の幅が広がったと、とても喜んでいた。

私達三人は、特にミスもなく、順調にシフォンケーキを作っていた。

しかし、今まで周りを見ていなかった自分が悪いのだが、その光景を目の当たりにして思わず私達三人は声を上げた。

「え、ちょっ……!!　火事!?　なぜに、燃えてるの!?　早く、水水水水!!」

「何ですの、この異臭……!?　窓を、全ての窓を開けるのです!!」

「きゃあああ!!　お皿が、食材が、どうしてこんな無惨な姿に!?」

そこは魔窟《まくつ》と化しましたとさ……

「そんなことがあったのか……」

「僕達なんかより、よっぽど、三人は大変だったんだね……」

「お、お疲れ！　よくやった！」

「怪我がなくて何よりだよ……うん」

私達三人はサロンのガラスの天井から覗く星空に目もくれず、テーブルやイスにもたれかかり、ぐったりしていた。

オリオン様達四人は、私達に精一杯の同情を向ける。

私は幼い頃から自主的に料理長に料理を習っているし、リリーは元々実家の家事全般をこなしていた。

クラリーナ様は私達二人の影響で料理を始めて、持ち前の器量でメキメキと上達していった。

つまり、私達三人は普通の貴族令嬢よりも料理に関してはレベルが上だ。

しかし普通の貴族令嬢達は、包丁を触ったこともなければ、火の使い方だって満足にわからないレベルが当たり前。

結果、今日の調理実習は原因不明の爆発が多発し、ちょっとした戦場のような状態に陥った。

さすがに、先生達もある程度の予想はしていたようだが、あの惨事は予想以上だったのだろう……

どうにか私達は協力して、学園を燃やしてしまう前にことを収めたのだ。

まあ、私達の班のシフォンケーキは美味しくできたので、オリオン様達にも食べてもらった。

そして、私は一旦みんなと別れて、サロンで見当たらなかったシリウス殿下とガブリエル様にもお分けしようと、お部屋を訪ねてみた。

「スピカ嬢、申し訳ない、今日の朝は元気にしていたんだが、急に彼女の具合が悪くなったようで……」

「そんな！　お気を遣わずに！」

「ありがとう、シフォンケーキは二人で美味しく食べさせてもらうよ！」

「無理だけはなさいませんよう、お大事にと、ガブリエル様にお伝えください」

しかし、ガブリエル様に会うことは叶わなかった。

「アダム、シャーロット、ちょっと仕事を頼みたいの……」

「はい、スピカ様」

「何なりとお申し付けください」

悪い予感ほどなぜ当たってしまうの。

「ガブリエル様！　おはようございます！」
「おはようございます、今日もいい天気ですわね」
「はい、とっても！　向こうでクラリーナ様とリリーが席を取っています」

学園の寮は、当然だけど男子寮と女子寮で分かれてはいるが、家柄で寮の区別をつけることはしていない。

だから、同性ならば好きな相手の部屋を訪ねることができる。

また、朝食は寮の食堂でとることが基本。

ちなみに、ランチとディナーは人それぞれだけど、私達は学園のサロンで七人全員でとることが習慣になっていた。

ガブリエル様は、ランチとディナーは当然ながらシリウス殿下と一緒だ。

ガブリエル様と朝食を共にするようになって、もう二か月になる。

入学したばかりの時にガブリエル様が一人で朝食をとっているのを見て、私がクラリーナ様とリリーに許可を取り、一緒に食べませんかとお誘いしたのが始まりだった。

編入したてで、しかもシリウス殿下の婚約者ということもあって、恐れ多くて誰も声をかけられなかったのだろう。

今は友人もできたようだけど、朝食を共にするのはもう習慣になっていた。

「ガブリエル様、あの……今日は体調は大丈夫ですか？」

「ええ、今日は気分がいいの」

ガブリエル様の体調を逐一見極めるためにも、朝に必ずお顔を見られるというのは私には好都合だった。

テストの順位発表の日から、私はガブリエル様の体調を気にしてる。

最初は環境が変わったからかとあまり深く考えないようにしていたが、元々の色白のおかげでわかりにくいが、日に日に血色が悪くなっている気がする。

アダムとシャーロットにも時間のある時に様子を見てもらっているが、報告内容は一人で苦しんでおられるというものばかりだ。

まだ誰も気付いていないだろう。

ガブリエル様の変化は本当に常に気にして見ていなければわからないほどの微々たるもので、何よりガブリエル様がメイクなどで上手く隠している。

けど、いつまで持つか……

「けれど、本当に早いですよね！　あと二週間で夏休みだなんて！」

「そうね、スピカ。まあ、思っていたより充実した学園生活でしたわね」

「リリーは、夏休みは帰るのよね？」

「はい！　手紙にもそう書きました！」

「あ、ガブリエル様は夏休みの間はどうなさるんですか？」

「最初の十日ほど国に帰りますわ」

「十日しかおりませんの？」

「ええ、王妃教育もありますしね……」

「やっぱり、大変なんですね……無理だけはしないでくださいね？」

「ありがとうございます」

「それでは、残りの休みはずっと王宮におられるのですか？」

「ええ、そのつもりですわ」

その日の朝食は四人で和やかに済ませた。


「時間がないわ」

今、私は王宮の中庭のベンチで一人で星空を見上げている。

夏休みに入って十五日が過ぎて、今日も王宮でパーティーだ。

夏休みで家に帰ってきてからは、私は部屋にこもってシャーロットに用意してもらった本を読み漁《あさ》っている。

お父様とお母様は、急に私が勉強熱心になったのを見て感動するどころか、真剣に何かの病気ではと心配している。

自分自身でもそうかもしれないと思ってしまうけれど、確信が持てるまで私は調べずにはいられなかった。

「やっぱり、ここにいたか」

「きゃあっ!? え、オリオン様？」

「こんなところで何をしている」

「急に出てきてびっくりさせないでくださいよ！」

「お前がいなくなるからだ、みんなで捜していたのだぞ？ 本当にちょこまかと動き回るな、お前は」

「ちょこまかって……」

私は不満そうに口を尖らせる。

けど、オリオン様は気にした様子もなく無言で当然のように私の隣に座った。

そして、星空を見上げる。

私はオリオン様と初めて会った日、帰り際にこの中庭に連れてこられたことを思い出していた。

あの頃は天使みたいだったな。

そんなことを考えながら、私はオリオン様の横顔を盗み見る。

すると、急にオリオン様が私の方に視線を移し、目が合って私は思わずビクリと反応してしまう。

「……何か悩んでいるか」

「え？」

「最近、ずっと上の空だぞ」

「えっと……」

「スピカ、誤魔化すな」

「誤魔化してなんて、そんな……」

オリオン様の真剣な瞳にまるで金縛りにあったように、私は視線を逸らすことも嘘をつくこともできなかった。

何でそんな目で見るかな……

とにかく、私は話題を変えようと頭をフル回転させる。

「あ、オリオン様、もう婚約者の方はお探しになっているんですか？」

「は？　今はそんなことは……」

「クラリーナ様はますますお綺麗になられましたよね、リリーも本当によく気が利くいい子ですし」

「……何が言いたいんだ」

「いや、ただ、オリオン様もシリウス殿下のように愛する人を……え？」

何で、そんなに怒ってるの!?

オリオン様は誰もが見てわかるほどに怒っていた。

私は久しぶりに見た、そして、初めて自分に向けられたオリオン様の怒りの形相に動揺を隠せなかった。

待って、どこに地雷があったの!?　全然わからないんだけど!?

思わず視線をズラすと、私はオリオン様に引き寄せられて、世間でいうところの抱き締められている状態になった。

とっさのことに反応が遅れて、私はされるがままにぎゅうぎゅうと強く抱き締められている。

「あの、オリオン様？」

「何だ？」

「ひえ!?　な、何で、怒って……」

「怒ってなどいない」

「絶対に嘘ですよね!?」

「……るか」

「え？」

「知るか!!　何でか、お前が婚約者の話をするとイライラするんだ!!」

「けど、この状態は……」

「黙ってろっ！！！！」

「すみません!!」

「……俺に、誰でもいいから結婚しろと言うのか」

「そんな、誰でもとは……オリオン様が幸せになるのが一番です」

「スピカは俺が好きか……？」

「え？　好き、ですよ」

何だこの恥ずかしいやり取りは。

見た目は十三歳でも、私はとっくの昔に二十歳を超えている。

こんな素直でまっすぐな、甘酸っぱいやり取りはもう何年もしていない。

私は恥ずかしさを誤魔化そうと、モゾモゾとオリオン様の腕の中で動いた。

すると、オリオン様は私のことを自分の体から離したが、いまだに手は腰に回されており、しかも放す気はないようで顔の距離が近い。

何だか気まずくて、私は下を向いた。

「クラリーナやリリーよりもか？」

「はい？」

「セドリックやリオン、ベルンハルトよりも俺が一番好きか？」

「そんな……決められないですよ。オリオン様、本当にどうしたんですか？」

「顔を上げろ」

「嫌です、おかしいですよ」

「どうして俺を頼らないんだ、俺がお前の一番ではないからか」

「頼ることがないからです、一番とかオリオン様にもないくせに……」

「俺にはある」

「誰ですか、シリウス殿下ですか」

「スピカ」

「何ですか、放してください」

「……スピカ、出会った時から俺の一番はお前だ」

私は耳を疑った。とっさに顔を上げるとまた抱き締められた。

抱き締められているからオリオン様がどんな顔をしているかわからない。

何がどうなっているのかわからない。

けど、私はオリオン様からの言葉が本当に嬉しくて泣きそうだった。

「スピカが俺に幸せになれと言うように俺もスピカには、世界中の誰よりも幸せになってもらいたいんだ」

「……もったいなきお言葉です」

「スピカ!! オリオン様!!」

声が聞こえてお互いにすごい勢いで体を離す。

というより、オリオン様が私を突き飛ばしたと言った方が正しい。

おかげで私は背中が痛い。

呼ばれた方に視線を向けると、ベル、クラリーナ様、リリー、セドリック、リオンが肩で息をしながら立っていた。

只事ではなさそうな雰囲気に、私とオリオン様は立ち上がる。

「ベルンハルト、何があった」

「はあ、はあ、ガブリ、エル様……ガブリエル様が倒れた……!!」

「なっ!?　原因は何だ!!」

「わからないんです、シリウス殿下とのダンス中に突然倒れられたとか……」

「お前達を探してたんだが、一旦会場に戻った時にはもう大混乱だった！」

「おまけに、シリウス殿下が半狂乱を起こしています！」

リリー、セドリック、リオンが次々に言葉を重ねる。

「あ、兄上が!?」

「もう手が付けられませんわ、とにかく会場にって、スピカ!?　ちょっと待ちなさい!!」

私はみんなの話が終わる前に、その場を走り出した。

出せる限りの全速力で、私は広い王宮の中庭を突っ切っていく。

何で、なんで、ナンデ……!?

# 第三章　大冒険とは規則を破ること

「おかえりなさいませ、スピカ様」

「ただいま……」

「何かお飲みになりますか?」

「あ、そうね、温かいココアでも淹れてくれる?」

「かしこまりました」

私はソファーに座り、シャーロットはお茶の用意を始めた。

ガブリエル様が眠りにつき、もう既に一か月が過ぎようとしている。

一週間前に夏休みは終わり、私達は学園の寮に戻ってきていた。

しかし、学園全体の雰囲気はお世辞にも居心地がいいとは言えないほど、どんよりとした重苦しいものだった。

ガブリエル様が倒れられてすぐに王国中の医者が診察をしたが、全員が原因がわからないと首を振るだけだった。

そのことはすぐさま王国中に知れ渡り、未来の王妃は神に見捨てられたとまるでお葬式のような雰囲気だ。

シリウス殿下は夏休みの間ずっとガブリエル様に付きっきりで、満足に食事も睡眠もとらなかった。

陛下や王妃様の声にも耳を貸そうとはしなかったのだ。

学園に戻ってきてはいるが、陛下と散々揉《も》めたとオリオン様が言っていた。

学園内で見かけるシリウス殿下はとても見ていられなかった。

「お待たせいたしました」

「ありがとう、特に変わりはない？」

「はい、特には」

「そっか……」

「スピカ様？　あまりご無理は……」

「大丈夫よ、私よりオリオン様とシリウス殿下の方がよっぽど……」

「スピカ様……」

「シャーロット、そんな顔しないで？　アダムから何か連絡はあった？」

「あ、いえ、何も」

「……もう十日よ？　心配だわ」

「それに関しては心配は無用かと。何よりあれの心配をされるなんて、スピカ様の貴重なお時間がもったいないないです」

「……相変わらず、シャーロットってアダムには辛辣よね」

「普通ですよ？　アダムが帰ってきたら真っ先にご報告しますから、とにかくスピカ様も休んでください」

そんなやり取りをシャーロットとして、アダムが帰ってきたのはその二日後の夜だった。

その時、私はみんなとディナーの真っ最中だったけど、シャーロットからの報告を聞いて伯爵令嬢としては失格レベルの早食いを披露してしまった。

そして、みんなにおやすみと、まるで言い逃げるように、私はアダムが待つ自分の部屋に向かった。

「アダムッッ！！！！」

「うおお!?　スピカ様!?　もう少し扉はお静かに……」

「そんなことはどうでもいいわ！　それより早く調査の報告を！」

「スピカ様!!　何ですかあれは!?　食事のマナーを完全に……」

「シャーロット！　何か飲み物を！」

「話を聞いてください!!」

ひとしきりドタバタして、シャーロットは諦めたのか、盛大なため息を残してお茶の用意を始めた。

ちょっとだけ申し訳なくなるな。

ついでに、シャーロットはアダムの夕食の用意も始めたらしい。

あー、あらかじめ帰ってくるのがわかってたらお風呂の用意もしておいたのに。

この世界は前世と違って、ボタンを押せばお風呂が沸かせるわけじゃない。

今の生活に特に不満はないけど、そういうところが本当に物足りない。

「どこも怪我とかはしていない？」

「ははっ、大丈夫ですよ！　それに、今回は危ない場所でもなかったですし」

「そうなの？」

「少し調べることが多すぎて、情報を集めるのに時間がかかりましたけど」

「ありがとう、お疲れ様」

「スピカ様、アダムは殺してもそう簡単には死にません」

「おい、シャーロット……俺だって命は一つしかないんだぞ？」

「本当に、シャーロットはアダムに当たり強いわよね……」

「日頃の行いです、さあ、冷めないうちにどうぞ？」


目の前で言い争いがヒートアップしていくのを私はじっと見つめる。

どうして、シャーロットはこんなにアダムの扱いが雑なのかな。

今はまだマシだけど、本当に二人が私の元に来たばかりの頃は毎日喧嘩してた気がする。

けど、お互いに大切に思っているのは間違いないんだよね。

目の前に並んでるアダムの夕食は好物ばっかりだし、アダムはシャーロットの手作りのお守りをネックレスにして肌身離さず持ってるし。

「それでは、アダムから報告を」

「はい。まず、ガブリエル様はまだお目覚めになっては……」

「あれから変わりないわ」

「……スピカ様の予想通りです」

「やっぱり、あの眠りは呪いなのね？」

「はい……」

私は天を仰ぐ。

あの白い巨大狼が現れてから、ずっと私の中で胸騒ぎは消えなかった。

歴史書で読んだ通りのことが、現実に次々と起きていた。そのことをシャーロットからの報告で知り、私はこの王国に魔法が使われたことを確信していた。

氷が大地に舞い降りると書いてあったが、今年の夏は異例の涼しさだ。

シリウス殿下の婚約式と白い巨大狼の現れた時期が被ったことは、偶然なんかじゃなかった……

「誰なの、犯人は誰なの……？」

「……隣国の宰相、コーデリック・ジェフレッドです」

「ガブリエル様の国の宰相ですって!?」

「どうして、ガブリエル様を？」

アダムの答えにシャーロットを私は詰め寄る。

「そうよ！　王族との婚約なのよ!?　国同士の繋がりも深くなるのに……!!」

「コーデリックは、元々はガブリエル様の母上と親しい間柄だったとか」

「恋人だったってこと？」

「いや、それはなかったようです。俺が思うに、コーデリックが一方的に想いを寄せていただけかと」

「なるほど。けど、それがどうして呪う理由になるのよ?」

「その理由は、ガブリエル様の母上をご覧ください……」

アダムは一枚の写真を取り出し、私達に見せた。

私とシャーロットは呼吸を忘れた。

写真のガブリエル様のお母様は、生き写しのようにガブリエル様にそっくりだったのだ。

「こ、これは……!?」

それは気味が悪くなるくらい。

「俺も最初見た時は、心臓が止まるかと思ったくらいです」

「たとえ親子でも、ここまで似てるなんて……」

「まるで魔法よね」

「コーデリックも同じように考え、徐々に歪《ゆが》んでいったようです」

「どういうこと?」

「早くに両親を亡くされたガブリエル様のご実家をコーデリックは惜しみなく支援して

いたようで、特にガブリエル様を自分の娘のように可愛がっていたのは隣国では有名な話です」

「ウォルター家は歳の離れた兄が継いでいるんだっけ？　それはいい話だけど……」

「コーデリックはガブリエル様のことを、亡き母上の……つまり、かつての自分の想い人の生まれ変わりで自分の元に帰ってきたと思い込み、結婚するつもりだったとか」

「勘違いな上に妄想癖があるの？　救いようないわね」

「す、スピカ様、言葉遣いが……」

「まあでも、スピカ様の言う通りです」

「もう、アダム！」

「とにかく、わかったわ！　ガブリエル様を自分のものにしようとその悪い頭で企んでいた矢先に、シリウス殿下との婚約で企みは水の泡、自分が選ばれなかった逆恨みの結果が？　今回の呪いってわけね、ふざけてんの？」

「スピカ様、落ち着いてください!!」

許さないわ、絶対に。

まだ顔も見ていない相手だけど、私の怒りはコーデリックに向けられていた。

きっと、私は人様にお見せできない顔をしていたのだろう。

今すぐに部屋を出ていこうとした私をアダムとシャーロットが必死に止める。

シャーロットは私の腰にしがみつき、アダムは私の前で通せんぼをしている。

けど、私だって負けてはいない。

「ちょっと、何で止めるのよ!!」

「あの、お言葉ですが！　この流れで止めない方がおかしいですよ!?」

「そうです！　スピカ様にはそれは数え切れないほどの前科があります！」

「もう話は終わったでしょ!?　少なくともガブリエル様が呪われてから三か月は経っているはずよ！　一刻も早く呪いを解かなきゃいけないわ!!」

「まだなんです！　ご報告はまだ終わってません！　これは一人の男を倒せば終わる簡単な話ではないんです!!」

アダムの言葉に私が思わず力を抜くと、急に支えをなくしたシャーロットとアダムは勢い余って崩れ落ちた。

「どういうことよ!?」

「あ、えっとですね！　五年前、オリオン殿下誕生日祝賀会でのシリウス殿下の暗殺未遂事件、覚えてますよね!?」

「忘れるわけないわ、まさか……」

「お祭しの通り！　その時の黒幕である陛下を恨む残党が、最近になってガブリエル様が倒れたことで我が王国に動揺が走っているということを、まんまと嗅ぎ付けたらしいのです！」

「もう五年も前のことよ!?」

「しかし、残党の方は過去のことだとは思ってはいないようです。五年の間息を潜めながら、仲間を集め続けていたようで、かなりの数になると……」

「そんな……!!　シャーロット、今すぐに王宮内の情報を……」

「アダムから報告を受けて昨日王宮で調べて参りました！　まだこの事実を知る者はいないようです！」

私は予想以上の事実に頭が上手く回らないでいた。

これが強制力なの。

きっとこのシナリオの行き着く先は、ガブリエル様は呪いによって永久に眠り続け、残党により仕掛けられた戦争でシリウス殿下は亡くなる。

その戦争が起きれば私の友達はみんな不幸な道に戻されてしまうだろう。

恨むわよ、神様。

「アダム、シャーロット、手伝って」

「スピカ様……」

「今度は何をするんですか?」

けど、転生者を甘く見ないでよね。

＊＊＊

「なぜ、あんなことをしたのか……」

俺は学園内のベンチに一人座り、ため息をついた。

兄上がいずれ即位すれば俺、オリオン・ライアネルは王弟となり、将来は兄上と共にこの王国を治めていく。

兄上の命と俺の心をスピカに救われてから俺の決心は揺るぎないものとなっていた。

王宮でパーティーがあった日、星空の下の中庭で俺はスピカを抱き締めてしまった。

まだお互いしか友人がいなかった頃、じっとしてられないスピカをその場に繋ぎ止めるために、昔はしょっちゅう手を繋いでいた。

けど、ベルンハルト、クラリーナ、リリー、セドリック、リオン、次々と大切な友人が増えていって、それと同時に俺達は手を繋がなくなった。

だから、スピカにしっかり触れるのはもう何年ぶりかわからなかった。

初めて抱き締めたスピカは俺とは全然違っていて、柔らかくて、細くて、なぜかとてもいい匂いがした。

「壊してしまいそうだった……」

「何を壊したんだい？」

「実は……ベルンハルト!?　お前ここで何をしている!?」

「僕はこの学園の生徒だよ？　学園の敷地内にいることは特に不思議じゃないと思うけどね？」

「あ、あー、そうだな」

ベルンハルトは、怪訝な顔をしながら俺の隣に長い足を組みながら座る。

本当に、この男とはどこまでも腐れ縁というやつなんだと思う。

スピカと俺の二人で完結していた世界に一番最初に入ってきたのが、このベルンハルト・フリードだった。

最初は何だか、やっと手に入れた俺の世界を壊されたような気がした。ベルンハルトも俺を好いてはいなかったし、俺達はとにかく仲が悪かった。

けど、気付いたら、俺達はスピカを守るという目的のために、いつしか普通に隣を歩くようになっていた。

ベルンハルトは四大貴族で、フリード公爵家の嫡男だ。きっとこの先も顔を合わせることは多いんだろうな。

まあ、どこか余裕ぶってるところが気に入らないのは昔からだが。

「それで、何を壊したんだ」

「え？　いや、壊したわけじゃない！　壊しそうだと言ったんだ」

「何を」

「それはだな……」

「はいはい、スピカだね」

お互いに目も合わさずにまっすぐ前を向きながら話していたが、俺はぐりんっと音がしそうなぐらい、勢いよく自分の首をベルンハルトの方に動かした。

当の本人はまったく表情を変えない。

ベルンハルトとは、なぜか昔からスピカのことで喧嘩することが多く、今回もベルンハルトにスピカの名前を出してはいけないような気がしていた。

あれ、そういえば何でだ……？

「何で、わかった……!?」

「オリオンってさ、呆れるくらいバカ正直だからね。そんな君が狼狽《うろた》えるのはスピカに関することだけだよ」

「そ、そんなことは……!!　お前だって、気付いているだろう?」

「もちろん。それに僕だけじゃなくて、クラリーナ、リリー、セドリック、リオン、全員がスピカが何か隠していることは気付いているよ」

「気にならないのか」

「まさか。スピカが次はどんなトラブルを背負ってくるのか、みんなヒヤヒヤしていると思うよ?」

「……アダムが帰ってきたよな」

「そうだね、シャーロットもだけど、あの二人は時々どこかに消える。それはスピカが何かを頼んでいるから」

「その度に何か変化が訪れる。スピカはどうして俺達を頼らないいんだ……」

「わからないね……スピカに何か秘密があることは出会った時から、みんな気付いているのにね」

「スピカが言いたくないなら無理には、と見ないふりをしてきた……けど、今回は何かとんでもないことを考えている気がするんだ！」

「うん、同感だね……オリオンは本当にスピカが大切なんだね」

「当たり前だ！　お前もだろ？」

ベルンハルトは笑った。どこか切なさを感じさせながら。

何で、そんな風に笑うんだよ。お前まで遠くに行こうとするなよ。

「みんな!!　こっちにオリオン様とベルンハルトいたよー!!」

「捜したんですのよ!?　二人とも！」

「リオンとクラリーナ？」

「緊急だ！　完全に非常事態なんだ！」

「大切な話なんです！　とにかく、ことは一刻を争うんです！」

「セドリックにリリーまで？」

「何を急いでるんだ？　揃いも揃って」

＊　＊　＊

「スピカ様、もう一度！　もう一度だけ考え直してはいただけませんか!?」

「シャーロット、諦めろ……」

「そんな簡単に!!　こんなこと、旦那様と奥様に顔向けできないわ!!」

「気持ちはわかるけど、こうなったスピカ様が絶対に止まらないってことはわかってるだろ？　それに俺達の知らないところで動かれるよりはマシだし」

「それはそうだけど……!!」

「二人ともごめんね？」

「スピカ様、危険すぎます！」

「シャーロット、本当にごめんね？　今回はどうしても許せないのよ……」

私は、シャーロットが私を心配していることは痛いほどわかってた。

ガブリエル様の呪いのこと、再び王国に戦争が起ころうとしていることを報告されてから、私は何かに取り憑かれたかのようにことを急いだ。

シャーロットにはアダムの報告から二週間のコーデリックの動向を探ってもらって、アダムには残党を見張ってもらった。

そして、シャーロットに昨日コーデリックの二週間分の動向調査報告を受けた後、私はコーデリックに会いに行くと伝えた。

もちろん、シャーロットとアダムは烈火のごとく猛反対。

シャーロットとアダムが代わりに接触をすると言ってくれたが、私は首を縦には振らなかった。

二人は、きっと私の考えが覆《くつがえ》ることはないとわかっているのだろう。

二人が私に、世界の綺麗な部分だけを見てほしいと思っていることはわかっていた。

けど、ごめんね？　私はそんなことを望んではいないんだ。

最終的にはシャーロットとアダムも共に行く、絶対に側を離れないでという条件の下に、私がわがままを押し通した形でまとまった。

「全員が寝静まった頃に出発よ！」

満月が出ているから、今日の夜は比較的明るい方だ。

私達は、それぞれ旅芸人に変装して隣国に入国しようとしている。

もちろん、私の分の偽物の身分証明書も作成済みだ。

今の私は、怒りと焦りで何日も笑顔を作ることができていなかった。

「それじゃ、裏口から行きます」

アダムを先頭に、私達は女子寮の廊下を音を出さないように進んでいく。

昼間は大勢の生徒達で賑わう寮内は今はとても静かで、何だか不気味に感じてしまう。

一階に下り、大広間を抜けて、キッチンを通り、私達は裏口に進む。

けど、アダムが扉を開けようとした時に目の前が一気に明るくなった。

「どこに行く気だ、スピカ」

「え？　なっ……!?　オリオン様、どうしてこんなところに……!?」

「オリオンだけじゃありませんわ」

声がした方に振り返ると、そこには本来ならばいるはずのない私の友人達が勢揃いしていた。

何で!?　何がどうなって……!?

私は今にもひっくり返りそうだった。

シャーロットとアダムの様子を見るに、二人も知らなかったらしい。

というか、今の私はオリオン様とクラリーナ様に挟まれて泣きそうだ……

文句は言わせないというオリオン様の言葉によって、とりあえず、私達はオリオン様が待機させているという馬車に向かうことになった。

その間も私が逃げないように、オリオン様とクラリーナ様に両腕をしっかりと掴まれていた。

オリオン様が用意していたのは馬車は馬車でも、貨物用のものだった。

これならこの人数でも乗れるだろとオリオン様に言われ、順番に乗り込む。

「言いたいことはあるか、スピカ？」

「あの、言いたいというか、聞きたいことの方がありすぎて……」

「そうか、それなら答えてやろう」

「この間、スピカをお茶に誘おうとリリーと二人で部屋を訪ねましたの。すると、部屋から三人の言い争う声が聞こえて、止めに入ろうとしましたが……学園を脱走やら、ガブリエル様を救うやら、聞こえてきた内容に思わず、扉にかけた手を止めたのです」

「申し訳ありません!!　立ち聞きをするつもりは決して……」

「リリー、謝る必要はありませんわ。このことを黙っていたことの方が何よりも罪ですわ」

「ああ、クラリーナ様に賛成だな」

「話を聞いた時は本当に驚いたよ、スピカ？　宰相の娘が学園を脱走だなんて前代未聞だよ？」

オリオン様とクラリーナ様は誰の目にも明らかなほど怒っていて、セドリックとベルは絶対零度の目。

リリーとリオンは、とても悲しそうに私を見つめていた。

きっと、普通なら恐怖と罪悪感などで押し潰されているだろう。

いや、私もその思いはあるけど……

私の口はとても正直というか、意思関係なく勝手に動くというか……

「あー、屋敷と違って、もうちょっと慎重に言い争うべきだったわね……」

そういうことじゃない、と口々につっこまれ、友人達はその場に崩れ落ちた。


「はあ……それで、ガブリエル様をどうやって救いに行くつもりだったの？」

「ベル、それは誤解だよ、私達はちょっと夜の散歩をしようとして……」

「わざわざこんな時間にか？　しかも、アルドレード家の令嬢が旅芸人の変装をする意味は？」

「気分転換よ！　セドリックもやる？」

「どうせ、シャーロットとアダムはこの子に無理を言われて断れなかったのでしょう？　あなた達が何かを隠していることは気付いていましてよ？」

「クラリーナ様、隠し事なんて……」

「スピカ様！　私にもガブリエル様を助けたい気持ちはわかります！　けれど、何よりもスピカ様が心配なんです！」

「スピカ、お願い！　これ以上一人で抱え込まないで？　力にならせてよ！」

「リリー、リオン……」

「降参しろ、もう逃げられないぞ」

「オリオン様、これは……!!」

「俺から話します」

「ちょっ、待って！　アダム!!」

「申し訳ありません、スピカ様」

アダムは私の制止の言葉を無視して、オリオン様達に話し始めた。

けど、アダムが話さなくても、きっとシャーロットが話していたと思う。

オリオン様達が私を心配する気持ちを、二人は無視するなんてできなかったのだ。

「アダム、許さないからね？」

私はアダムを睨《にら》みつけるが、目の前の執事はまったく迫力がないと言いたげに苦笑している。

アダムはオリオン様達に、ガブリエル様の眠りが呪いだということ、犯人が隣国の宰相であるコーデリック・ジェフレッドだということ、そのことで我が王国に戦争の危機が迫っていること、今からその犯人に会いに行こうとしているということなど、全てを話してしまった。

全てを聞き終わって友人達は様々な反応を示したけど、一つの意見だけは一致していた。

「よし、俺達もついていく」

「は？　はあああ!?」

「スピカ、うるっせえよ!?」

「だ、だって……!!」

「偽造の身分証明書なんて……バレたらどうなると思っていますの？」

「アダムとシャーロットには商人のふりをしてもらって、僕達は馬車の中で息を潜めていれば難なく検問所を突破できるはずだよ！」

「けど、馬車を調べられたら？」

「これはオリオン様の、つまりは、王族専用の馬車だ。国旗も書いてあるし、疑われることはほぼないと思うぞ？」

「あ、あー！　服装は？　普段の貴族丸出しのものではすぐにバレますよ!?」

「ご心配なく！　私が作りました！　時間が足りなかったので、少し簡易的なものですけど……」

「リリー、女子力高すぎよ!?　けど、やっぱり全員っていうのは……」

「スピカはすぐに暴走するだろ？　その時に僕達全員揃ってないと、君を止めることはできないからね～」

最も恐れていた事態まっしぐらだ。

この世界を強制力から守るために私は動いているのに、登場人物の張本人達が、自ら火の中に飛び込むなんて本末転倒だ。

けど、私は友人達に完璧に言い負かされてぐうの音も出ない。

何で、こんなに勇気いっぱいなの！

しかも、隣でアダムとシャーロットは目配せをしてるし。

何のアイコンタクトだ！　何の！

「寮に帰ってください！　あ、授業はどうするんです!?」

「それならオリオンに同行して全員で公務だって、休みを申請済みだよ」

「ちゃんとスピカの分も出したよ！」

「ベル、リオン、そうじゃなくて……この旅は本当に危険なんです！　どうか……!!」

「つまりだ、お前は危険に飛び込んでいくということだろ？」

「え？　オリオン様？」

「それを俺達が見過ごすと思うか？」

何を言っても誰も聞いてくれないことぐらいは、とっくに気付いてるが……

私は、みんなが不幸になる可能性が少しでもあるなら、その可能性を徹底的に潰していく覚悟だ。

危ないことをしてほしくないんだ……

「絶対に認めませんから……」

「そうか、お前が認めなくても俺達は問答無用でついていくがな」

「お願いです！　私はどうにかします！　けど、もし、みんなに万が一のことがあったら……」

「どうして、お前は！　自分のことを軽く扱うんだ!!」

「そんなことないよ、オリオン様、落ち着いて」

「お前が自分を大切にしないから、代わりに俺達がお前を大切にするんだ!!　そう俺達は決めたんだよ!!　頼むから、守らせてくれよ……!!」

オリオン様は泣きそうだった。

私はこの世界を、現実を、いまだに客観的に見ている時がある。

だから他人の、特にオリオン様達のことになると、自分が傷つくことに無頓着《むとんちゃく》になることがある。

きっと、みんなは、そんな私のことをもどかしく感じてきたんだろう。

「絶対に、離れないでくださいね……」

その言葉にたくさんの意味を込めた。


どれくらいだろう、本当に長い間私達は馬車に揺られていたと思う。

学園を出たのは日が昇る前で、睡魔に負けた私達は全員眠ってしまった。

目覚めると太陽が高く、きっとお昼を回っていたんじゃないかな。

最初クラリーナ様はこんなところに押し込められるのは嫌だと言った。

しかし、私がそれを口実に馬車を降りようとすると、すぐ前言を撤回した。

そんな上手くいかないよね……

私が今日旅立つのをやめてもまた日を改めて学園を脱走することは、きっと全員がわかっているのだ。

「その馬車、止まれ」

「はい」

「何用だ」

「ディルアヴィット王国の遣いです」

「荷馬車の中身は」

「国王陛下への献上の品を」

「そうか、通せ」

「ありがとうございます」

アダムとシャーロットの演技で難なく検問を突破した。

みんなが私に二人は何者なんだって怪訝な顔をしているが、無視だ。

馬車をしばらく走らせ、街外れに馬車を乗り捨て、友人達はリリーが用意してくれた服に着替えて歩き出す。

おかしいよ、服のクオリティ高すぎよ！

「スピカ様、まずはどこに向かうんです？」

「え？　コーデリックの屋敷だけど」

「は？　お前、真正面から敵の陣地に乗り込むつもりなのか⁉」

私のあっけらかんとした物言いに、セドリックはダメだこいつと言いたげな態度を隠しもしない。

待て待て、心外なんですけど！

普段通りにリリーとリオンは私をフォローしてくれようとしてるけど言葉が見つからず、クラリーナ様とオリオン様はどこか諦めたように天を仰いでいる。

ベルに至っては、一番端の方で肩を震わせて笑っている。

隠れてるつもりだろうけど、完璧にバレてるからね!?

まあ、シャーロットとアダムは作戦通りに進むように小声で相談中だ。

「スピカ、何か考えがあるの？」

「実は、シャーロットにコーデリックの動向を探ってもらったんだけど、必ず夕方は自分の屋敷に帰るの！　しかも、その時間を見計らって使用人達は一斉に屋敷を出ていくのよ！」

「動向を探る!?」

「え、シャーロットが!?」

「やめとけ、いちいち驚いてたら話が前に進まねえよ」

「そこを狙うのか……けど、コーデリックが僕達を簡単に屋敷に入れてくれるとは思えないよ？」

「ベル、何言ってるの？　侵入するんだよ？」

友人達はやっと静かになった……全員が言葉を失った、の方が正しいか。

まあ、受け入れるのに時間がかかるよね？　わかるよ？

一方で、慣れたようにシャーロットとアダムはやっぱりなって顔をしている。

本当に頼もしいわね、お二人さん！

「スピカ!?　あなた……今、自分が何を言っているかわかってますの!?」

「クラリーナ様、スピカ様は本気です」

「不法侵入だよ!?　もしバレたら、オリオンでも揉《も》み消せるかどうか……」

「は!?　ベルンハルト！　俺に全てを押し付けるつもりか!?」

「怖いなら、みんなはここで待っていても大丈夫ですよ？」

最高の笑顔で私は告げるが、ここまでついてきたみんなが簡単に引き下がるわけもなく、コーデリックの家に向かって歩き出す。

私は心底不満だったけどね？

みんなまで、私と一緒になって罪を行う必要はないのにな……

しばらく歩くとコーデリック・ジェフレッドの屋敷に着いた。

王都からは少し距離があり、木に囲まれてまるで隠れるように建っていた。

何だか、不気味なんだよね……

私達はアダムを先頭にして、コーデリックの屋敷の裏に回る。

そして、厨房のドアが開いていることを把握済みのアダムの指示により、私達はコーデリックの屋敷に侵入した。

「入っちゃいました……これが、最初の不法侵入ですか、大人の階段ですか」

「リリー、冷静になりなさい。最初で最後であってほしいですわ……」

「国際問題になりかねないな、ははっ」

「オリオン様、笑ってる場合ではないと思いますよ!?」

「大丈夫、いざとなったら、僕が記憶を消す機械を発明してみせるよ……」

「期待してるよ、リオン……」

「リオンとベルンハルトもおかしいだろ！　早々に諦めんなよ！」

「ちょっと、置いてくよ？」

この状況で元気なのは私、冷静なのはシャーロットとアダムだけ。

私は罪悪感に負けそうになるみんなに、ほらねって顔をするが、それを見てる余裕もないようだ。

みんなは音を出さないように、ゆっくりと固まって進む。

私はどんどん進むけどね。

見つかったところで、その時はその時というやつだ。

すると、アダムとシャーロットが手招きをして来いと合図をしてくる。

そこには地下へ通じる階段があった。

「静かに、何か聞こえませんか？」

シャーロットに言われ、耳を澄ますと階段の下から微かに声が聞こえる。

聞いたこともない言葉の羅列《られつ》。

しかも、階段の下からはとても言葉では言い表せない禍々《まがまが》しい何かを感じる。

そして、振り返ると、私以外は頭を押さえて苦しんでいた。

その瞬間に私は全てを察した。

「何なんだ……!!　さっきから頭がガンガンしやがる」

「この声、男の人みたいですけど」

セドリックとリリーが苦しげに言う。

「それにこの言葉は何なんだ……!?」

「古代ベロニカ文字だよ」

オリオン様に答えたのは博識のリオンだ。

「ベロニカ……そうか！　これは魔女文字だよ！」

我が王国には有名なおとぎ話がある。

王国の繁栄に大いに貢献したベロニカという魔女がいた。

ベロニカは国王を深く愛していて、国王のために魔法を使った。

しかし、国王はベロニカの愛情を利用していただけで、大陸で一番の王国に成長すると同時に隣国の王女と結婚し、ベロニカを地底深い牢獄に閉じ込めた。

怒りと悲しみで狂ったベロニカは世にも恐ろしい呪いを生み出す。

何百年にも渡り王国を呪い続けたベロニカは最後は勇者に倒されるという、よくあるおとぎ話だが……

「待て!!　ベロニカって……あれは、ただのおとぎ話じゃないのか!?」

「実話ではないけど、ベロニカという魔女が存在したのは事実です！」

オリオン様にリオンが答える。

「聞いたことありませんわ！」

「五百年以上前のことですし、何より文献が驚くほど少ないの！　知らなくても当然ですよ！」

クラリーナ様には私が返答した。

「何で、二人は知っているんだよ！」

「読んだんだよ！」

「私もです！」

私はリオンと顔を見合わせて、わかり合ったように頷き合う。

さすが、リオン！　歩く歴史書！

というか、古代ベロニカ文字ってことはあの呪いってことか……

「アダム、シャーロット、あんなむちゃくちゃな主を持つと大変だね……」

「慣れたものですよ？」

「私達はもう覚悟を決めていますから」

「あの、やめるなら今のうちに……!!」

「スピカ？　一緒に行くよ」

ベルの優しくまっすぐな言葉の前では私は無力だった。

地下へと続く階段はどこまでも長く、このまま永遠に続くのかと思わせた。

ランプのわずかな光を頼りに私達は前の人の腕や肩を掴みながら、ゆっくり慎重に下りていく。

シャーロットの足元に気を付けてくださいの声と、オリオン様達の私に先に行くなと抗議する声が闇に響く。

どうせ、団体行動できませんよ！

「皆様、地下に着いたようです」

アダムの言う通り、目の前に階段はなくなり、代わりにそこには石造りの地下室のような空間が広がっていた。

どれくらい階段を下りたのかはわからないけど、地上ははるか上なのだろう、太陽の光が入らないこの場所はとても空気が冷たかった。

ベルが持っていたランプの火を灯すと、さっきは暗くてよく見えなかった内部が露わになる。

そこは、テーブルと椅子が部屋の中心に一つあるだけで、とても殺風景だ。

視界が開けてから、私はどんどん奥に進む。

けれど、私だって、闇雲に進んでいるわけではない。

呪いの根源、コーデリックにまっすぐ向かっている。

その証拠に、後を追ってくるみんなの頭痛はひどくなるばかり。

やっぱり、私には効かないんだね。

一番奥の一際広い部屋の中、目的の人物の姿がようやく見えた。

部屋には壁一面に本が並べられており、それは天井まで続いている。

コーデリックの顔はよく見えないけど奴の周りには禍々《まがまが》しい青い炎が漂う。

奴は、不気味なほど一心不乱に、呪いの言葉の魔女文字を唱える。

よく見ると、奴の真下の床には何かの絵が描かれている。

あれはきっと、呪いの魔法陣だ。

「スピカ様、落ち着いて……!!」

「シャーロット、私は落ち着いているし、頭もこの上なく冷静よ」

「スピカ、出直そう！　そして、しっかり作戦を立てよう！」

「ベル、もう時間がないのよ」

「スピカ、ちゃんと説明しろ！」

「リオン様！　時間がないって……それは、どういうことなんですか!?」

「あ、えっと、本には、ベロニカの魔導書には、ベロニカの呪いは百二十日で完成するって書いてあるんだ！」

「百二十日……白い巨大狼を見たのは、春でしたかしら？」

「そして、今はもう秋、ガブリエル様が倒れておそらく一か月半は経つはずです！」

「正確な日数はわからないが、少なくとも百十日は経過しているな……」

「けど、スピカ！　さすがに丸腰で魔女を相手にするなんて無理だ！」

「それに見てみろ、あのコーデリックの様子をよ！　完全にイカれてる！」

ことの重大さがわかったところで、戦力不足は変わらない。

みんなは私を必死に引き止める。

けど、私を押さえてくるみんなをよそに私は暴れたり、振りほどこうとしたりはしなかった。

そうすれば、みんなは私のことを自由にするとわかっていたからだ。

案の定、みんなは私から手を離した。

「確かに……この世界の人間では、ベロニカに勝つどころか、立ち向かうことさえできません。けど、私にはそれができます。みんなはこの先に入ることも、私に触れることもできません」

「は？　何を言って……」

私は一歩だけ部屋に入った。

意味がわからないと、セドリックが私に手を伸ばす。

すると、一瞬稲妻のような光が目の前を走り、激しい雷音と共にセドリックを吹き飛ばした。

「セドリック!!　大丈夫か!?」

オリオン様が慌てて駆け寄る。

「ほら、みんなは入れないんです」

私はやっぱり、ここではモブなんだ。

「スピカ、魔導書になんて書いてあった！　俺達にも同じ魔法をかけて、中に入れろ！　これは命令だ!!」

普段、私達に絶対に使わない、オリオン様の命令という言葉。

必死さが嫌でも伝わってくる。

最初からわかってたけど、こういう場面に出くわすと嫌でも実感する。

私は偽物だ、モブだということを。

私が行くしかないのだ、選択肢なんて最初から一つだけ。

私はみんなの言葉に、ただごめんと謝り続けることしかできなかった。

「誰だ!!　そこにいるのは!?」

何かに取り憑かれ、正気を失ったようだったコーデリックは、私達の騒ぎに意識を取り戻したらしい。

呪いの言葉はやんでいた。

　みんなは戻ってこいと叫ぶけど、私は背中を向けて、コーデリックの元に歩き始める。

「スピカ、命令だ!!　戻れ!!　不敬罪で訴えるぞ!!　スピカッ……」

「無茶だ、スピカ!!　よく考えて!　どうして君はいつも、いつも……!!」

「許しませんわ、それ以上行ったら……スピカ、戻りなさい!!!!」

「お願いです、行かないで……スピカ様!!　行かないでください……!!」

「スピカ、俺達も連れていけ!!　置いていくな!!　スピカ!!」

「命を粗末にするなって僕に言ったのはスピカだよ!!　ねえ、忘れたの……!?」

「スピカ様、お戻りくださいませ!!　お菓子も乗馬もなしにしますよ!?　スピカ様ああああああ!!」

「どうして……!!　あなたは、私達の言うことを聞いてくれないのですか!?　スピカ様……!!　お待ちください……!!」

　すぐ近くにいるのに、私とみんなには一生越えられない壁があるんだ……

　ごめんね、本当にごめんね、どんなに謝っても足りない。

私は身勝手にもみんなの心配を振り切り、優しさを無視して、自分の信じた道を進む。許さなくていい、嫌っていい、私から離れたっていい。私は何があってもみんなの幸せを守り通してみせる。

「何者だ!!　名を名乗れ!!」

コーデリック・ジェフレッドは見るに耐えない容姿となっていた。

目は窪《くぼ》み、皮膚は垂れ下がり、まだ四十代のはずだが、その見た目は老人だった。

愛に溺れ、欲に溺れ……

呪いに頼るしかなくなった憐れな悪魔の末路のようなその姿。

私は心の底から軽蔑した。

こんな奴に、こんな奴に……!!

「なっ、なぜだ!?　なぜ、この部屋に足を踏み入れることができる……!?」

「お前とは違うからだ」

「何だと？」

「お前などに興味はない、ベロニカを出せ！」

「お前、なぜに……」

コーデリックの体の中から青い炎が溢れ出て、その体が倒れた。

コーデリックの状態と床にある魔法陣を見て、私は確信した。

人体に影響を及ぼす魔法は、ベロニカを召喚し、その彼女を体内に取り込むという禁断中の禁断の術だ。

やがて、彼の身から出た青い炎は人の形を作り、私の前に人として姿を現す。

ベロニカは背中まで伸びた綺麗な銀髪に黄色く透き通るような瞳、美しいはずの容姿は憎しみに溢れ、ただただ恐ろしかった。

「我が名はベロニカ、お前は」

「スピカ・アルドレード、です……」

「何者だ……お前の空気、匂い、全てが気に入らぬ……!!」

「それは……」

それは、私がベロニカの愛した男と同じ世界の人間だからだ。

シャーロットとアダムに何度も闇市で探してもらって手に入れた、ベロニカが書いたと思われる魔導書。

最後のページだけ、文字が違った。

それは私がこの世界に生まれる前、前世で使っていた日本語だった。

私は目を疑ったが、それはしっかりと文章になっていた。

『憎き怪物は異世界の数々の怪しげな装置を生み出し、世界を統べようとしておる。愚かにも我も既に悪魔の手中に堕ちた。我はもう二度と心臓を捧げることはすまい。我はこの世界でもう誰の手中にも堕ちぬ。我は我のために、我を必要とする者にだけ、その力を授けてやろう。我は怪物が憎い。異世界から生まれし怪物の末裔《まつえい》よ、我の恐ろしさを知らしめ、お前の心臓を奪ってやる』

憎き怪物とは……国王のことだ。

この文章だけで、どれだけベロニカが国王を愛していたか伝わってくる。

この魔法陣の魔法はベロニカが作り出した最大の魔法で、最大の呪いだ。

ベロニカを裏切った国王は、私と同じように日本からの転生者だろう。

ベロニカは自分の人生を壊した国王のことを、とても憎み、とても愛した。

その国王を作った世界、つまり、私の前世の世界のことも憎いのだろう。

異世界から生まれし怪物の末裔《まつえい》とは、私のような転生者のことだ。

この魔法陣にはところどころに、日本語のような表記が見られる。

思い入れのあるものを書き、それに自分の魔法を込めると何かの本に書いてあったが……

ベロニカにとって、それが日本語だったのだろう。

きっと、この日本語には、友人達の体調が悪くなったように、転生者以外を苦しめる効果がある。

我の恐ろしさを知らしめ、お前の心臓を奪ってやるとは、ベロニカが自らの手で転生者を殺めるという宣言だ。

この魔法の本当の意味はベロニカを召喚することではない。

ベロニカが転生者をあぶり出すための罠だったんだ。

ようやく、あの文章の謎が解けた。

それほどまでに、憎しみに支配されるほどに、ベロニカは国王を愛して自分の全てを捧げたのだろう……

「ベロニカ、もうやめようよ？」

「ふざけたことを！」

「あの文字、あなたが愛した……」

「それ以上言うな!!　愛など、愛など、この世から消し去ってくれる!!」

「そんなの悲しいよ」

「何だと？」

「確かにあなたが愛した人はひどいし、最悪な奴だったかもしれない……けど、裏切られたからって、自分の心まで否定しないでよ」

「口を閉じろ」

「あなたが最後のページに書き記した文字は、なぜ日本語だったの？　あなたは愛した人に、本当は自分の過ちを認めてほしかったんじゃないの？」

「黙れえええっっ！！！！」

ベロニカは、怒りと共に無作為に魔法を部屋に解き放つ。

まるで竜巻の中にいるみたいだ。

空中で必死にバランスをとり、私はベロニカのいる方向を捜す。

どんなに魔法が当たって傷を負うと全てを受け入れてみせる。

最後のそのページは、ところどころに丸い雫のシミがあった。

きっと、それはベロニカの涙。

ベロニカは最後まで国王を信じようとしていたが、結局手ひどく裏切られた。だから

ベロニカは魔法で王国を滅ぼし、国王を殺した。

人を愛しただけなのに……

「ベロニカ、私でごめんなさい!!」

「何を……!!」

「裏切られても愛し続けたのよね、すごく素敵なことだと思う!!」

「黙れ、黙れ!! 我は魔女だ、人間に心を許すなど最初から……!!」

「あなたは!! 普通の女の子だよ!!」

「ふざけたことをぬかすな!!」

「思い出にすればいい! そんな最低男のことなんて、忘れてしまえばいい! もうそいつは死んでるんだよ!?」

「忘れ方など、我は……!!」

「私が!! あなたを愛さなかった最低男の分まで愛する!! ベロニカ!!」

精一杯の思いを込めて、私は目を閉じてベロニカに向かって手を伸ばす。

手に冷たい水のようなものが触れ、目を開けてみると、それはベロニカの涙だった。

辛いよね、苦しいよね。

けど、愛したことは無駄じゃないよ。

人としてとても大切なことだよ。

あなたは、おとぎ話の血も涙もない魔女なんかじゃない。

私達と何も変わらない、普通の女の子。

「……お前は何者だ」

「答えは、あなたが心から幸せになった時に教えてあげるよ!!」

ベロニカは魔法の暴走をやめて、私を静かに床に下ろしてくれた。

気付くと部屋の中はぐちゃぐちゃで、壁一面に並べられていた本は、一冊残らず床に落ちていた。

コーデリックに関しては部屋の隅にゴミのように倒れている。

いや、あれ、手と足が曲がったらダメな方向に曲がってないか？

「スピカ・アルドレード、我はしばしお前の前から消える」

「え、どうして？」

「力を使いすぎた……お前の目に見えるようになるまで、今しばらく時が必要だ」

「そうなんだ！　あ、私達、この王国から今日中に帰るんだけど、私の家までの道とか場所とかわかる？　大丈夫？」

「お前、我を誰か忘れたのか……」

「え？　あー、伝説の魔女！」

「……まあ良い、しばしの別れだ」

「あ、待って！　ベロニカにお願いがあるの！」

「何だ、申してみろ」

「そこのゴミ……コーデリック・ジェフレッドにガブリエル・ウォルターを呪えとか何とか言われたでしょ？　それ取り消してほしいの！」

「お前の大切な者なのか？」

「うん、すっごく！」

「……わかった、その願い、聞き入れた」

そう言うと、ベロニカは私の前から消えてしまった。

え、呪い解けたの？　どうなの？

光が溢れ出したり、稲妻が走ったり、そういうの何もなかったけど、大丈夫？

「スピカッッ！！！」

「どわっ!?」

抱きつくより突進と言った方が近いであろう八人分の重み。それは、唐突に私に前世で自転車に轢《ひ》かれたことを思い出させた。

そこからはとにかく地獄の始まり。

上からはセドリック、右からはクラリーナ様、左からはオリオン様という具合に、暴言という名の嵐を。

ベルとアダムからはネチネチと、姑と小姑がタッグを組んだような叱責という名の嫌味を。

リリーとリオンとシャーロットにはそれはそれは泣かれた。正直これが一番心にきたというのは内緒だ。

そんな私への罵詈雑言《ばりぞうごん》のオンパレードが終わると、タイミング良くコーデリックが目を覚ました。

さっさと起きろや、この役立たず。

「……ここは、なっ、なぜこんなに部屋が荒れておる!?　お前らの仕業か!?」

勘違いと妄想癖がやっぱりひどいな、そして頭でも打ったか、この疫病神が。

コーデリックは元の年齢相応の顔に戻っていた。

どうやら、呪いは本当に解けたのかもしれない。

ギャーギャーうるさいこのクソ野郎を、私は拳で黙らせた。

「ウ、グッ……!!　貴様、何をする、私を誰だと……」

「私の大切な人を傷つけた」

「は？」

「聞こえなかったか⁉　それなら、もう一度言ってやろう‼　お前は私の大切な人を傷つけた勘違いストーカーゴミクズ野郎なんだよ！！！」

「何なんだ……お前らは何者だ、絶対に許さん‼　不敬罪で訴えてくれる‼」

「そうか……ならば、コーデリック・ジェフレッド、お前はもっと重い罪に問われるだろう」

「罪？　私が何をした⁉」

「ディルアヴィット王国シリウス・ライアネル第一王子の婚約者、ガブリエル・ウォルター侯爵令嬢への殺人未遂、その罪をオリオン・ライアネルが名のもとに裁きを与える」

「ディルアヴィット王国四大貴族、ベルンハルト・フリードの名のもとに」

「同じく、四大貴族、クラリーナ・カプリスの名のもとに」

「そして、お前がたった今、罵詈雑言《ばりぞうごん》を浴びせたこの令嬢は、ディルアヴィット王国の宰相サイモン・アルドレード伯爵が娘、スピカ・アルドレードだ」

オリオン様が私の前に立ち、コーデリックにそう言い放つと、王族の証である紋章が入った短剣をコーデリックに見せつける。

続いて、ベルとクラリーナ様が、四大貴族の証であるブレスレットをコーデリックに見せつけた。

コーデリックは、予想外の大物の登場に顔を真っ青にしている。

私の方を見て言葉が出てこないのか口を何度もパクパクさせている。

権力怖すぎるわ。

そして、やっぱり、宰相の娘で伯爵令嬢設定チートだわ。

けど、怒りは収まるわけないのさ。


「ももっ、申し開きも……!!」

「知っているか？」

「は……」

「お前の自己中のせいでどれだけの者が涙を流し、苦しんだか、それを謝って済むとお前は本気で思うのか？」

「あ、あの……あの……」

「お前のせいで!!　シリウス殿下がどれほど悲しんだのか、ガブリエル様がどれほど怖かったか、オリオン様がどれほど兄上のために苦しんだことか、民が、王国中が、どれほど……!!」

「すみません、心から……!!」

「戦争の危機もあった!!　戦争でどれだけの人間が死ぬと思う?　想像したか?　どんな未来が待っているか、お前は全てを想像して呪いをかけたのか!?」

「すみません、すみません!!!!」

「お前の愛は相手のことを考えず、一方的に押し付けるものだ!!　そんな醜いものを愛と呼ぶな!!　今度またイカれたような行動をしてみろ?　お前を地の果てまで追い詰めて、地獄に堕とす!!」

私は一気にコーデリックを責め立てた。

相手を思って身を引くこともせず、苦しめる欲望の塊など愛ではない!!

お前なんかに私の大切な人達の幸せを奪うなんて絶対にさせるか!!

拘束したコーデリック・ジェフレッドをそのまま王宮に突き出し、隣国の国王陛下と話し合った結果、我が王国で裁きを下すことが決まった。

まあ、極刑は免れないだろう。


王国に帰り、私達は学園に戻らず王宮に向かった。

シリウス殿下を学園から呼び出し、お父様に仕事を中断させ、国王陛下、王妃様、シリウス殿下、お父様に今回の事件の顛末を報告した。

その報告の最中、ガブリエル様が目を覚ましたとメイドが転がり込んできた。

シリウス殿下は、報告を聞くと慌ててガブリエル様の元へ走る。

きっと、もう大丈夫だろう……その場にいた全員が安堵の表情を浮かべていた。

残党のことは、騎士団を駆使して探させるつもりらしいから、二、三日の間に不安の種はなくなるだろう。

学園脱走の件は全員の責任にしようと、帰りの馬車で話し合った。

けど、私は首謀者は自分だと告げた。

そのことに関して、お父様は卒倒しかけていたけど……

「今回のことは私一人の責任です。オリオン殿下をはじめ、皆様を私が巻き込んでしまいました！　どんな罰でも受ける覚悟です！　ですので、どうか……」

確かにガブリエル様を救って、コーデリックの罪を暴いたけど、私は結果的にみんなを危険に晒《さら》した。

今回は運がよくて、たまたま何もなかっただけだ。

一歩進み出た私の後ろで、みんなが最終的に決めたのは自分だと声を上げる。

けど、私は顔を上げられなかった。

ガブリエル様への呪いやその犯人、伝説の魔女ベロニカのことに、もう少し早く気付けたはずだ。

私がもっと上手くやれていれば、誰も悲しまずに済んだはずなんだ……

「スピカ嬢」

「はい！　国王陛下！」

「また助けられてしまったね」

「え？」

「家族だけでなく、王国まで、あなたにはどんなに感謝しても足りないわ」

「王妃様、もったいなきお言葉ですが……」

「納得いかないという顔かな？」

「あ、その……」

「よいよい。それなら、今回そなたに与えるはずだった勲章を取り止める。罰はこれでいかがかな？」

「勲章!?　お、恐れ多いです!!」

勲章って、戦場で活躍した騎士とかに贈られるあの勲章!?　なぜ、私に!?

最終的にはお父様が陛下にありがたき幸せと叫んで、なぜか幕を閉じた。

国王陛下と王妃様、それにみんなも笑っていた。

けど、私は釈然としなかった。

それから私達はガブリエル様への面会を許され、お見舞いに行った。

お部屋に入ると、シリウス殿下とガブリエル様がお互いに目を真っ赤にして手を握りながら向かい合っている状態。

何か、タイミング間違ったね……出直しましょうか？

「スピカ様！　ああ、私、本当に何とお礼をしたら……」

「え、ガブリエル様!?　まだご無理をなさらないでくださいませ!!」

「君には、助けられてばかりだ!!　いつか必ずこの恩は……!!」

「シリウス殿下まで!?　お願いです！　頭を上げてください!!　私こそ申し訳ございません」

「え？　なぜスピカ嬢が謝る？」

「こんなことになるまで気付かず、ガブリエル様を助けるのが遅くなって、本当に申し訳ございませんでした……」

どうして謝るのかとみんなは私に聞くけど、全部未然に防げなきゃいけないんだよ……

学園に戻って、私は疲れているからと早々に寮の自室に帰った。

「はあ……私って詰めが甘いな……」

私はベッドに寝転がり、今回の事件を振り返っていた。

もし、シナリオ通りにシリウス殿下が亡くなっていたら、ガブリエル様はコーデリックに一生縛られる人生だったのだろうか？

これからは、私が物語をぶっ壊したことで人生が変わった可能性がある人達の身辺調査も行うべきだね。

「また、これで忙しくなるな……」

「何か面白いことでも始めるのか？」

「……は？　待って待って!?　今、絶対に誰もいないとこから声がしたよね!?　一件落着したばかりだってのに、次は何!?」

「呆れた奴だ、我の魔法に立ち向かってきた威勢はどこへいったのだ」

すると、何もない空間にスッとまるで浮かび上がるようにベロニカが現れた。

驚きすぎて、私は声も出なかった。

まだベロニカと別れてから二十時間ほどしか経ってないが、あっという間に諸々の問題を解決したらしい。

伝説の魔女って、レベル違いすぎ……

私は下がっていた気分がすっかり上がってしまった。

今のこの状況を誰かと共有したいと思って、私はベロニカを引っ張ってベルの部屋を訪ねた。

すると、ベルの部屋の中から友人達全員の声がすることに気付く。

どうやら、集まっていたようだ。

勢いをつけて扉を開けると、みんなは心底驚いたような顔を私に向けた。

「みんな見て！　革命だよ、これ！」

「扉は静かに開けなさい！　もう……」

クラリーナ様は呆れたように言う。

「は？　誰だ、それは」

「初めましてですね？」

「スピカの友達？」

オリオン様とリリー、リオンが不思議そうに見た。

「わからないの!?　ベロニカだよ！」

「ベロニカって……え!?」

「あの魔女の、さっきのベロニカか⁉」

ベルとセドリックも驚愕の表情でベロニカを見つめる。

「そうだ、よろしく頼むぞ」


私の周りはまた賑やかになりそうだ。

# 第四章　予想外の展開に動揺中

今日の我がアルドレード家は、朝から誰もが走り回っていた。

辺り一面銀世界、外に出れば息が白くなる寒いこの季節。

私は十四歳になる。

私の誕生日のパーティーが今日の夜に我が家で開かれるのだ。

ちなみにそれは舞踏会で、来てくれたお客様に挨拶しつつ、ダンスまで踊らなくてはならないというハードモード。

今までは子どもだからと、誕生パーティーでも何かと自由が許されていたが、今回からしっかり主役の務めを果たさなければならない。

お母様にそう告げられた時の絶望感はしばらく忘れないだろう。

まあ、ダンスは好きだからいいけど、問題は愛想笑いがいつまで耐えられるかどうかだ。

「はあ……貴族やめたいよ……」

「まだそんなこと言ってるのか？」

「ベロニカ変わってよ!!」

ガブリエル様の事件から、つまりはベロニカと生活を共にするようになって、三か月が過ぎようとしていた。

ベロニカの今の状態は、生きているのか死んでいるのかわからない状態らしく、自分の意思で姿を見せたり消したりできる。見た目は普通の人間と本当に変わらない。

魔法を使えば問答無用で死刑になると私が知った時一番慌ててしまったが、ベロニカの体には何も異常がなく、オリオン様曰く死人は刑罰の対象外なんだろとのこと。

それがわかると、ベロニカは魔法を好きに使いまくってトラブルを起こしまくり、私は久しぶりにキレてしまった。

それ以来、なぜかベロニカは私のためにのみ、魔法を使うことにしたらしい。

そうじゃないんだよな……

ベロニカ、ダムレボ出てないけどチートでしょ！　魔女最強でしょ！

ダムレボに魔法は存在しなかったのに、何だかどんどん物語とは違う方向に向かってる気がするな……

「お前の誕生パーティーであろう？　主役不在でどうするのだ」

「だって……!!　オリオン様、食中毒とかになってくれないかな……」

しかも、今回のパーティーでの私のエスコート役はオリオン様である。

なぜ!?　婚約者でもないのに!?

婚約者も男兄弟もいない私のエスコート役をオリオン様が厚意で申し出てくれたのは非常にありがたかったが……

私は目立ちたくもないし、変な恨みを買いたくもない。


学園に入りオリオン様の、いや、私の友人達の人気は爆発した。

さすが、乙女ゲームのメインキャラクター達だ！　そうでなくっちゃ！

容姿端麗《ようしたんれい》、才色兼備《さいしょくけんび》、家柄文句なしの私の自慢の友人達には、瞬く間に各々のファンクラブが発足した。

人気は十二分だが、中でも人気があるのはオリオン様とベルだ。

とにかく、第二王子と四大貴族の看板は伊達《だて》じゃない。

机の中には恋文の山、学園の廊下を歩けば悲鳴続出、もう話ができたら死んでもいいという人までいるらしい。

まあ、とにかく、私は女子生徒を敵に回したくないのだ。

どの世界も共通で、女の嫉妬ほど恐ろしいものなんてないのだ。

だから、私はオリオン様のエスコートの申し出を断りたい気持ちでいっぱいだった。

しかし、友人とはいえ一貴族が王族に逆らえるわけもなく……

改めて考えただけで、私はパーティーを逃げ出したくなった。

「スピカ様！　このパーティーはアルドレード家の威信がかかっていると言っても過言ではないんですよ⁉」

「シャーロット、一生のお願いよ……」

「ダメです！」

「まだ何も言ってないじゃない⁉」

誕生パーティーは夕方からだというのに早起きさせられ、化粧、段取りの最終確認、お客様の名簿の確認と引っ張り回された。

仕上げはコルセットの引き締め。

なぜ、こんなに死ぬ思いをしてまでドレスを着なきゃいけないのか。

自然体が一番だ、ジャージを誰か、プリーズギブミー!!

そんなこんなで、夕方のパーティー本番の前に既にクタクタになっていた。

しかし、朝からの成果か、鏡を見ると我ながら美しく仕上がっていた。

そもそも、お父様と社交界の薔薇《ばら》と称されたお母様の血を引いているのだ、本気を出せばどうにかなる。

クラリーナ様にはいつも普段から綺麗に、伯爵令嬢の自覚をなどと浴びるほど言われてはいるが、普段からこんなのは死んでもごめんだった。

アダムがやってきて、オリオン様が屋敷に着いたと報告する。

頑張れ、私！　頑張れ、伯爵令嬢！


「スピカ、か……？」

「オリオン様、失礼ですよ？」

「あ、いや……!!」

「今日は、よろしくお願いしますね？」

え？　どこか変だったかな？

私を見るとオリオン様は余裕たっぷりの笑みから急に慌て出す。

そして、私はきっちり正装したオリオン様にエスコートされ、会場へ向かう。

一通りお客様への挨拶をこなし、今度はオリオン様の誘導にてダンスホールへ向かう。

はじめのダンスは本日のエスコート役のオリオン様とだ。

「オリオン様、どうしてエスコート役に名乗り出てくれたのですか？」

「え？　あ……」

「もしかして、お父様に？」

「それは違う！　俺が、俺がただやりたくて……」

「え、どうしてですか？」

「それはお前の……大切なパーティーだと言うから……支えたかったというか」

「はい？　すみません、オリオン様、ちょっと聞こえなくて……」

今日のオリオン様はずっと様子がおかしいんだよな。

いつもは自信満々で余裕たっぷりなのに、今日はずっと目をキョロキョロさせてはっきり言って挙動不審だ。

まさか、何かの病気!?

とはいえ、どんなに様子がおかしくても金髪碧眼《きんぱつへきがん》の王子様はやっぱり綺麗だ。さすがダムレボのメインヒーロー。

今から、学園に戻った時の周りの女子達からの嫉妬が怖いな……

オリオン様はどんな女性とこの王国を治めていくのだろう。

シリウス殿下がご婚約されてから、第二王子のオリオン様には王国内に留まらず、外国のご令嬢からも婚約の申し込みが後を絶たない。

全部断ってるみたいだけど……

オリオン様とのダンスが終わると、クラリーナ様とのダンスを終えたベルが、私に次の相手を申し込んできた。

「スピカ、すごく綺麗だよ」

「ありがとう、ベル！　やっぱり、ベルは紳士で優しいよね」

「え？　まさか、オリオンからは何も言われなかったの？」

「オリオン様が言うわけないよ」

「僕からエスコート役を奪ったくせに何をしてるんだか……」

私の言葉にベルは呟く。

「え、ベル？」

「スピカはそのままでいてね？」

優しく微笑んだベルは、長く友人をやっている私でも見惚れてしまう。

ほら、周りのご令嬢はたちまち虜だ。

元々あった色気は最近はますます溢れ出てきていて、隣に立つのが本当に申し訳なくなってくる今日この頃。

それにこの頃、ベルは何だかすごく大人びた気がするんだよな。

いまだに婚約者がいない四大貴族のフリード公爵家次期当主候補のベルは、婚約者を探してもいないらしい。

私がそれを聞いてひっくり返った。

ベルは好きな子とかいないのかな？

それとも、婚約者を探していないのは、好きな子がいるから？

こんなにずっと一緒にいるのに、ベルについて知らないことが増えていくな。

今度ゆっくり話を聞いてみよう。


「今日は化けたな……」

「他に言うことないの？」

「伯爵令嬢に見える」

「元から伯爵令嬢ですけどね」

「気が付かなかったな」

「セドリック！」

ベルとのダンスを終えると、セドリックはリリーとのダンスを終えたらしく、私にダンスを申し込んできた。

セドリックはぶっきらぼうに呟いたけど、きっとものすごく遠回しに褒めてくれたのだろう。

お礼は言わないけどね。

セドリックの身長は相変わらず伸び続けており、足も長く、細身だけど鍛えているから筋肉質。とにかく、スタイルがいいセドリックは目立つのだ。

騎士団の入団テストは来年だが、合格は間違いないと言われているし、その評判のおかげなのか、特に年上女性から人気があるらしい。

まあ、確かに頼り甲斐はある、口を開けば憎まれ口ばっかりだけど。

セドリックには浮いた話どころか、恋の気配すら見受けられない。

まあ、本人は騎士団のことで頭がいっぱいなんだろうし、登場人物達の中では一番恋愛から離れた存在なんだろうな……

セドリックとのダンスを終えると、どのご令嬢より可憐《かれん》で儚《はかな》い空気を醸《かも》し出すリオンが登場した。

思ったらダメなんだろうけど……

「スピカ！　き、今日は、すっごく！」

「リオン、落ち着いて!?」

「き、きれっ、綺麗だよ……」

「ありがとう……リオン、大丈夫？」

「うん！　これだけは、今日これだけは言おうと思って……!!　よかった……」

「待って、可愛すぎか……」

リオンは、真っ赤な顔でどもりながら私に一生懸命伝えてくれる。

眠っていた私の母性本能が今にも溢れ出しそうな小動物っぷり！

さすが、ダムレボの可愛い担当！

リオンの美人ぶりは成長と共に輝きを増すばかりで、最近は女性だけでなく男性まで虜にしているとか。

相変わらず天才的な頭脳は健在だし、リオンが次々と生み出す発明品は王国の未来を明るくする。

可愛いと言われることが多いリオンだけど、私はかっこいいと思う。

研究室のリオンは真剣そのもので、普段とのギャップがすごい。

素敵な人を見つけてほしいな……

「スピカ様！　いつもお綺麗ですが、今日は一段とお綺麗ですわ！」

「普段からそのようにしていればよろしいのよ？」

「いやいや、こんなにキツいコルセットは公の場だけで十分です」

私がダンスに疲れてバルコニーで一息ついていると、クラリーナ様とリリーが来てくれた。

クラリーナ様もリリーも、私の誕生日に友人として恥ずかしくないようにと、とびきり綺麗な姿で来てくれた。

そんなことをしなくても二人はすごく綺麗だし、私の自慢の友人だ。

乙女ゲームのヒロインそして悪役令嬢と、モブの私が親友だなんて、もしかしたらあってはならないことかもしれない。

けど、私は二人が笑ってくれることを、この幸せが続くことを願う。

クラリーナ様もリリーも、婚約者を探しているはいるらしい。

思ったけど、登場人物達同士で恋は生まれないのだろうか。

私達はすごく仲が良くなったし、美男美女でお似合いだと思うんだけどな。

改めて、みんなの恋愛事情が気になるのでありました。


今日から、私達は二年生になる。

「初々しいよな、一年生って」

「きっと、今はクラス分けのことでワクワクとドキドキですね！」

「早いよね、もう入学して一年だよ？」

セドリックとリリー、リオンが無邪気に笑った。

「まあ、とにかく、今年こそは静かに過ごしたいですわね？」

「本当にね？　クラリーナに同感だよ」

「ちょっと!?　クラリーナ様もベルも、どうして私を見るんです？」

「わからないのか？　はあ……」

「ちょっと、そんな深いため息はやめてください！　オリオン様！」

入学式があっても、私達二年生は普段と何も変わらない。

シリウス殿下は生徒会を後輩に引き継いで、ガブリエル様との結婚に向けて本格的に動き始めたようだ。

シリウス殿下とガブリエル様は来年の卒業式の後、すぐに結婚式を執り行う予定だということだ。

すごく忙しそうだけど、二人が幸せそうで本当によかった。

そんな感慨に浸っていると、私は見事に友人達に置いていかれていた。

またスピカは……とか言われる!!

「きゃっ!?」

「おっと?」

私はすぐに周りが見えなくなってしまうらしい。

前だけを見ていて、曲がり角から出てくる人の存在に気付かなかった。

本当に、もっと気を付けよう。

謝ろうと思って顔を上げたが、その人物を見て私は固まってしまった。

ドウシテ、ドウシテ、ドウシテ……?

ドウシテ、ココニイルノ……?

「スピカ！　お前はどうして……え？　お前、バルトか!?」

「オリオン殿下、ご無沙汰しております」

「留学からいつ帰ってきたんだ？」

「つい先日です、ご挨拶に伺えず申し訳ありませんでした」

「オリオン？　もしかして、こちらの方はバルト・リズバニア様かい？」

ベルがオリオン様に尋ねる。

「ああ、そうだ！　みんな、バルトとは初めてだったか？」

「いえ、クラリーナ嬢とは……」

「バルト様、先日はありがとうございました」

オリオン様からの紹介で、みんなはバルト・リズバニアへ順番に挨拶していく。

私の番になり、私は全部の神経を顔に集中させて笑顔を作った。

「スピカ・アルドレードと申します」

「あなたがスピカ嬢でしたか！　ずっとお会いしたいと思っておりました」

「え？　どうして……」

「様々な噂は聞こえておりましたが、クラリーナ嬢からお話を伺って、きっと素敵な方なのだろうと興味が湧きました」

「そ、そうですか！　光栄ですわ……」

私はバルト・リズバニアから差し出された手を握り、握手を交した。

そして、目を合わせる。

バルト・リズバニアの手は氷のように冷たく、そして、目は笑っているがその奥に激しい憎しみが見えた。

コワイ……私は素直にそう思った。

ちゃんと笑えていただろうか、声を震わせず名前を言えただろうか。

私は今、どんな顔をしている？

恐る恐る目を逸らすと、後ろに立つご令嬢と目が合った。

「皆様、よろしくお願いします。僕からも紹介させてください、こちらはエレノア・オルコット、僕の幼なじみです」

「お初にお目にかかります、エレノア・オルコットと申します」

挨拶もそこそこに、バルト・リズバニアとエレノア様は移動教室だから急ぐとその場を後にした。

バルト・リズバニアは、青みがかった銀髪を肩まで伸ばし、色素が薄いグレーの瞳は切れ長で、ミステリアスな印象を残す美少年。

エレノア・オルコットは、赤の色味が強い茶髪のショートカットで、くっきりした茶色の瞳、そんなはっきりした外見とは対照的に大人しそうだった。

「クラリーナ、バルトとはいつから知り合いだったんだ？」

「この間知り合ったばかりですわ、彼は私の婚約者候補の一人なのです」

「ええ!?　クラリーナ様、それは本当なのですか!?」

「本当ですわよ……?」

「スピカどうしたの、そんなに焦って」

「ベル、だ、だって……!!」

バルト・リズバニアは、ダムレボの隠しキャラなのだ。

「どうして、婚約者候補なんて重要なことを教えてくれなかったんです!?」

「スピカ、落ち着けって！」

「どうしたんですか!?　スピカ様、顔色もお悪いです！」

セドリックとリリーにいなされ、私は正気を取り戻す。

私はクラリーナ様に掴みかからんばかりの勢いで迫っていた。

自分のしたことに気付き、慌てて身を引く。

「あ……すみません、クラリーナ様」

「大丈夫よ……スピカ、バルト様に何かありますの？」

「何でもないです。すみません……私、午後の授業は欠席します！」

「は!?　ちょっ、スピカ!?」

ベルの焦った声が聞こえたけど、こんな時に悠長に授業を受けている場合じゃない！

一刻も早く、物語の進行と強制力の影響をまとめて対策を練らなきゃ！

このまま放っておいたら、せっかく幸せになったのにみんなの笑顔が失われてしまう!!

後ろで、みんなが私を制止するように叫んでいたけど、私には答えることも振り返る余裕さえなかった。

私は寮の自室に戻り、ベロニカ、シャーロット、アダムの三人がいないことを確認する。

そして、前世を思い出した時から書き溜めてたノートを机から取り出し、バルト・リズバニアのページを開いた。

「ご無事ですか、スピカ様!!」

「スピカ様!!　授業を早退したって……何をしているんですか？」

「ちょっと、ノックは？」

勢いよく飛び込んできたシャーロットとアダムは謝るが、二人の目には床しか映っていない。

正確には床に散らばる大量の資料に。

しょうがないのよ、リズバニア家に関する文献を読み漁《あさ》っていたら、夢中になっちゃったんだもの。

あ、ダメだわ、日が沈んでるよ……

バルト・リズバニア。

四大貴族のリズバニア公爵家の四男で『キングダム・レボリューション』の攻略対象者を全員攻略すると現われる隠しキャラ。

登場人物達の二歳上である。

バルトは成績優秀で、九歳の頃に発表した心理学の論文が評価され、留学をしていた。

人当たりがよく、明るく穏やかで、面倒見がよい。

いずれ王国の内政を動かす重要人物になるだろうと、将来を期待されていた。

しかし、本性は違う。

バルトは人の幸せを壊すことに喜びを感じる、重度の人格破綻者である。

バルトは六人兄弟の末っ子で、唯一父親が外に作った子である。

バルトの母親は平民で、貧しくも楽しく暮らしていたが、それはバルトが四歳の時に壊されることになる。

スキャンダルを恐れたリズバニア家はバルトと母親を引き離そうとした。その際揉《も》めた勢いで、母親は頭を強打して、その場で死んでしまう。

孤児となったバルトはリズバニア家に引き取られるのだが、継母や兄弟達から虐待を受ける。

心を病み、激しい憎しみに染まったバルトはリズバニア家に復讐を誓う。

学園では校内いじめの主犯として、そして学園の裏ボスとして君臨していた。

それがヒロインと恋に落ちれば、復讐に囚われて生きるのをやめ、人格を再び形成していくのだが、悲恋エンドは学園の教師生徒大量虐殺という、ダムレボの中でも圧倒的バッドエンドだった。


「スピカ様、ご報告を！」

「待ってましたよ！　アダム！」

「スピカ様！　ソファーから下りてください！」

「シャーロットは？　何かわかった？」

「あ、調査の方はって……お願いです！　話を聞いてくださいませ！」

シャーロットが涙目になっていたので私は大人しくソファーから下りる。

ベロニカは街に行っているようで、ここにはいない。

最初の頃こそ私にべったりだったベロニカだけど、今では自由気ままにそこら中を飛び回っている。五百年眠っていたのだ、外の世界が楽しくて仕方ないのだろう。

夕方にはしっかり帰ってくるし。

私はすぐさまアダムとシャーロットにバルトの留学帰還の理由、ダムレボ内で見たことがなかったエレノア・オルコットについての調査を頼んだ。

「まず、バルト様の留学先からの帰還の理由ですが、クラリーナ様の婚約者候補になったことが大きいみたいです」

「アダム、婚約者候補の理由は!?　あと、バルトはクラリーナ様の婚約者候補で何番目に位置しているの!?」

「まあ、最有力候補ではないようですけど、婚約の一番の理由は四大貴族同士っていうことだそうです」

「それならベルでいいじゃない！　よりによって、どうして……!!　あ、オリオン様は!?　オリオン様とクラリーナ様の婚約話は出てないの!?」

「フリード家が婚約者探しを行っておられないのは、スピカ様もご存知ではありませんか？　それと、オリオン様とクラリーナ様の婚約話はありませんし、今後も出ることはないと思いますよ？」

「なっ⁉　どうして、アダムがそこまではっきり言い切るのよ！　恋愛よ？　男と女よ？　わからないじゃない！」

「知らないのはスピカ様だけです……結果は何年も前から出ていますよ」

「え？　どういうこと？」

年々、スピカは……という感じでバカにされるというか、呆れられることが多くなってきた気がする。

もう！　教えてくれたっていいのに！

待て待て、落ち着けよ、そんなことでイラついている場合じゃない。

ゲームでは、クラリーナ様が無理矢理オリオン様の婚約者になるというシナリオだけれど、今のクラリーナ様は貴族としての誇りは持っていても、権力に特別執着するタイプではない。

ゲームの中でのオリオン様とクラリーナ様の仲は最低最悪だったけど、今はむしろその逆だ。

よくタッグを組んで私を怒るし、息はピッタリだし、ナイスコンビだ。

確か、オリオン様とクラリーナ様が婚約したのは十三歳の時で、けれどいまだにどちらにも婚約者はいないし、ひょっとしたら何らかの強制力が働くかもとは思ってはいたけど……

どうして、よりによって、オリオン様の代わりがバルトなの⁉

本来バルトが留学先から帰ってくるのは一年後のはずなのに。

四大貴族だから婚約者？

そんな理由で、あのバルトとクラリーナ様をくっ付けるわけにはいかない。

いや、くっ付けるにしてもあの人格を修正しなくてはいけない。

「はあ……精神の本とか読みまくろ」

「スピカ様？　大丈夫ですか？」

「ああ、大丈夫よ、次はシャーロット！　報告をよろしく！」

「ご報告させていただきます。エレノア・オルコット様ですが、オルコット子爵家の三女だそうです」

「バルトの幼なじみというのは本当？」

「はい、リズバニア家とオルコット家は先々代からの付き合いらしく、同い年で幼い頃から交流があったようです」

「そっか、何もおかしくないわね」

「至って普通のご令嬢かと……けど、気になることがあります」

「気になること？」

「エレノア様は学園に入学して以来、一度も授業に出席していなかったようなんです」

「え？　一度も!?　この間、普通に学園の廊下を歩いていたわよ!?」

「それがエレノア様の初登校だそうで、社交界にも顔を出さず、同級生の皆様は、ようやくエレノア様が誰だかわかったと噂までしているそうです」

「その間、エレノア様はどこに？」

「ご実家です、ほとんどお部屋からもお出にならない生活だったようで……」

「三年も部屋の中とか……俺だったら耐えられねえ話だ」

これは前世で言うところの、不登校で引きこもりということなのかな？

私はバルトが何かを仕出かすと考えてすごく警戒していた。

しかし、そんな考えとは裏腹に、何事もなく一か月という時があっという間に過ぎていた。

あれ、と拍子抜けしていたところだ。

私は放課後は必ずと言っていいほど、友人達、アダムとシャーロット、またはベロニカと過ごすのだが、その日は偶然それぞれに予定があり、私はほぼ初めての自発的ではない一人の放課後を持て余していた。

「さて、どうしよう……図書室？」

図書室の看板に目が止まり、入学式以来で初めて中に入っていく。

実家からは持っている本の十分の一ほどだけど、かなりの量を持ってきたし、足りなければリオンに借りることで事足りていたから図書室に来ることは一切なかった。

この学園の図書室は王立図書館と王宮の書庫に続く品揃えで、文句なしの所蔵数だ。

この王国のことはこの図書室にある資料だけで大抵は学べてしまう。

私は大好きな歴史の本と、バルト対策として心に関する本を手に取った。

空いている席を探していると意外な人物と目が合って、そのまま私はそちらに向かう。

「エレノア様、こんにちは！　私のこと覚えていますでしょうか？」

「スピカ・アルドレード様、忘れるわけございません……すみません、今すぐに場所を変えます」

「あ、待ってください！　隣でそのまま本をお読みになってください」

「しかし、アルドレード様は……」

「あと、私のことはスピカとお呼びくださいませ！　エレノア様の方が二歳も年齢が上でございますし」

「そんな……!? 伯爵令嬢で、宰相様のご令嬢を私なんかが……」

「けど、学園内では生徒はみんな平等であるべきです、私のわがままだと思って……お願いします！」

「とんでもございませんわ！ わ、わかりました、スピカ様とお呼びします」

「ありがとうございます」

そんなやり取りを交わしてから私達は隣に座り、無言で本を読み続けた。私は速読ができるので、持ってきた三冊の本をすぐに読み終わってしまった。

棚に返すついでに新しい本を探しに行こうと立ち上がり、ふとエレノア様の方を見て私は目を見開いた。

「歴史がお好きなのですか？」

「え？」

「すみません！ 今お読みの本を含めて歴史の本ばかりなので……」

「ええ、昔からです……父には、女は勉強よりマナーや教養を学べと叱られますが……」

「わかります！」

「え？」

「私も両親だけじゃなく、メイドや執事にもよく叱られます！ けど、好きなものは好きなんだって反抗して、また叱られての繰り返しなんですけど……」

私が迫真の演技付きで解説をすると、エレノア様はとても驚いた様子で、その場で固まってしまっていた。

おっと、やりすぎたかな？

アルドレード家のご令嬢のイメージがあるかは知らないけど、崩れちゃったりした？

気まずくて話題を変えようと探していると、エレノア様のクスクスと可愛らしく笑う声がした。

「エレノア様？」

「あ！　申し訳ありません!!」

「あの……引いたりしていませんか？」

「ひくとは？」

「幻滅なさるというか……」

「とんでもございませんわ!!　すごく、楽しいお方なのだと思いました」

「楽しいか……よかったです！」

「私なんかがそんな……恐れ多くて」

「……エレノア様？　『世界の創造と悪魔』という本はお読みになりましたか？」

「え、あ、読みました……」

「細かいところまで説明されていて、世界の成り立ちと悪魔との結びつきの仮説が面白くて！　私の大好きな本なんです」

「わ、わかります！　私、アンナ王女の生き方がすごく好きなんですけど、そこの仮説も納得するといいますか……」

「やっと、笑ってくれましたね？」

「え？」

きっと、私に恐縮していたのだろう。

エレノア様の顔は強ばったままで私はどうにか笑ってほしかった。

けど、歴史の話をするとエレノア様は笑ってくれた。

やっぱり、好きなものの話をするのはとても楽しいし、自然に笑顔になる。

本当に歴史が好きなんだろうな……

「エレノア・オルコット様、私とお友達になっていただけませんか？」

「え、ええ!?」

「私の周りでは歴史の話をできる同性の友人がいないんです。男と女では捉え方も違いますし……お暇な時でいいので、またこうやってお話ししませんか？」

「……私でいいのですか？」

「エレノア様だからいいんです！」

図書室だということを忘れて話に花を咲かせていたら、怒られてしまった。

引きこもりで不登校だからどんな子なのかと思っていたけど、エレノア様は普通の歴史が好きな素敵なご令嬢だ。


あれから、あっという間に季節は変わり、夏になっていた。

私はエレノア様と週一ほどでお互いの部屋を行き来するほど仲良くなったこと以外は、特にこれといった変化もない生活を送っていた。

けど、私の周りは違うようで……

私の友人達の口から、バルトの名前が出ることがとても増えた。

クラリーナ様もあれから何度もバルトと会っているらしいし、バルトは順調に私の友人達をタラシ込んでいる。

けど、なぜ私だけお誘いの声がかからないのだろうか？

六人は誘われて、何で私だけ……

はっ！　私が転生者だから!?

それとも、あの美男美女の中にいると私は霞んで見えたか!? 第一印象だけで嫌われたとか!?

「全然わからないわ……」

「どうした?」

「ベロニカ、私、嫌われたかも……!!」

「は? 誰にだ?」

「バルト・リズバニア」

「お前が警戒していた奴ではないか」

「うん……」

「よかったのではないか? お前も好かれたくはないだろう」

「いや、好かれたくないわけでは?」

思い過ごしなのかな?

私が物語をぶっ壊したから、バルトの人格が変わったとか?

そんなに都合のいいことあるかな。

今のところいじめとか、大きなトラブルは起きていないみたいだけど……

「それに、気になることもあるし……」

「気になること？」

「アダムとシャーロット！　ううん、オリオン様、ベル、セドリック、リオン！　最近よそよそしいと思わない!?」

「そうか？」

「そして、極めつきは、クラリーナ様とリリー！　明らかに私を避けてる！」

「あぁ……うん、うん？」

「ベロニカも思わない!?　絶対に私に何か隠してる！」

みんなの様子がおかしいことはずっと気になっていた。

必ず誰かが私と一緒にいるということは変わらないけど、気付くと他のみんなはどこかに消えてしまっている。

クラリーナ様とリリーは、私となるべく一緒にいないようにしているみたいだ。

お茶に誘っても必ず断られてしまう。

というか、他の生徒達も故意に私を避けているような？

アダムとシャーロットにみんなの調査を頼んでも、考えすぎですよと断られてしまうのだ。

けど、何だか忙しそうにしているし……

不安を残したまま、夏休みになった。

＊＊＊

「何で行ったらダメなのよ⁉」

「スピカ様、わがままはいけません！　皆様はきっとお疲れです！」

「そうですよ、皆様のご病気が治ったのは五日前です！　まだ早いです！」

「五日前よ⁉　休息は十分だわ！」

今の状況を説明すると、アダムとシャーロットは私の行く手を阻《はば》んでいる。

私は夏休みに入ってすぐにアルドレード家に帰ってきた。

当然、友人達も帰省するだろうと思っていたのだが、何と十日ほど学園に残るというのだ。

何も聞かされていなかった。

学園で話そうにもはぐらかされ、避けられ、ろくに話もできやしない。

家に戻ってきて十日後、みんなの家を回ろうとしたのだけど、今度は何と全員が一斉に病気にかかったという。

感染の危険があるからと、絶対にお見舞いに行かせてもらえなかった。

だから、私は病気が完治したとの情報を手に入れて、友人達の家に直接行き、それぞれとしっかり話をしようと思っているのに、この二人はこの五日間ずっと邪魔し続けている。

もう夏休みはあと四日で終わってしまう。

「わかったわ」

「ほ、本当ですか⁉」

「スピカ様……‼　今から私がスピカ様の大好物のアップルパイを焼きます！　アダムと三人で食べましょう！」

「それは美味しそうね、けど、ごめんなさい？　今はお腹すいていないの」

「それなら、久しぶりに馬で少し遠出をしませんか？　三人で行きましょう！」

「楽しそうね、けど、もっと、楽しいことしましょうよ……ベロニカッ‼」

「ええ⁉」

「スピカ様⁉」

「どうした？」

「キャメロン家まで飛んで‼　あなたならできるでしょ‼」

「たやすいな……掴まれ！」

私はジャンプをして、ベロニカの手を掴んだ。

私とベロニカの周りには結界のようなものが現われ、足から体が消えていく。

空間を飛んでいくのだ。

消える寸前にアダムとシャーロットが必死に私の名前を叫ぶ。

どうして、私に話してくれないの？

秘密を抱えているから？　ずっと、私が嘘をついているから？

何を隠すの？　どうしたの？

私の体は空間に完全に呑まれた。


「うぎゃあっ!!」

「大丈夫か？」

「もうちょっと丁寧に下ろしてよ！」

私は地面に盛大にダイブをした。

そこでの唯一の救いは、ダイブした地面が柔らかい土だったということ。

横で笑うのをこらえているベロニカにすごく腹が立つ。

笑うなら、思いっきり笑え！

私は顔やドレスについた土を払ってベロニカと、リリーのお屋敷へ進む。

「スピカ」

「もう！　何で、友達の家に来てこんなにコソコソしなきゃいけないのよ……」

「おい、スピカ」

「何？　どうかした？」

「あそこに並んでおる馬車だが、我の見間違いでなければ、オリオン達のものではないか？」

「はい!?」

ベロニカに言われて彼女が指差す方向を見ると、間違いなく私の友人達が我が家に遊びに来る時に使う馬車だった。

しかも、五台ということは、リリーの家に全員集合しているということ。

待って、私、本当に何かしたの!?

まさかハブられてる？　え、病み上がりだから安静にって話は!?

「スピカ、とにかくここで立ち止まっておるわけにもいかないだろう」

「あ、うん……みんなを捜さなきゃね」

「それなら、全員二階の角部屋におる」

「リリーの部屋よ、そこ！　え？　何でわかるの？」

「魂がそこに集中しておるからだ」

……どうしよ、ベロニカの言うことがチートすぎて理解不能だ。

とりあえず、私達は玄関から入ればみんなが何か隠そうとするかもと考えて、バルコニーから侵入することにした。

ベロニカに連れていってもらい、私達はバルコニーに降り立つ。

なぜ、伯爵令嬢がこんなスパイ紛《まが》いのことをしているんだろう。ふと我に返って虚しくなった。

運良く窓が開いていたので、私達は壁に隠れて中の様子を窺う。

そこには、私の友人達が全員いた。

「何か進展はあったか？」

「この手紙の筆跡から手掛かりを探してはいるんだけど……難航してる」

「身に覚えもないいんだよね？」

オリオン様が全員に目配せをしてる。

それを受けたベルは手にある何かを全員に見せて、苦悶《くもん》の表情だ。

手紙って言った？　筆跡って……

そして、リオンが質問を投げかけた相手はクラリーナ様とリリーだった。

「当たり前ですわ！　よりによって、リリーに限ってそんなこと……!!」

「クラリーナ様、落ち着けって」

「皆様、すみません……ご迷惑を……」

何？　何の話をしているの？

みんなの声はあまりに静かで暗く、深刻さを感じさせた。

クラリーナ様はとても怒ってて、それをセドリックが宥《なだ》めてる。

普段なら、その役割は真逆なのに……

何をリリーは謝っているの？　彼女の表情もとても暗かった。

「リリー、気にするな」

「けど、本当に悪質だよね……クラリーナ様に罪をなすり付けるなんて」

「絶対に許しませんわ！」

「私もです！　こんなこと卑怯です！」

セドリックとリオンはとても優しげで、でも苦しげな表情で語りかける。

今度はクラリックとリオン様は泣きそうに、リリーはいまだかつてないほどに怒りを露わにした。

ここまでくると、楽しい話ではないことは明らかで、私は戸惑っていた。

「本当にね……この根も葉もない噂を早くどうにかしなきゃね」

「ああ、スピカの耳にいつ入るか……」

ベルとオリオン様は、二人でそれは深刻そうに顔を見合わせていた。

私の耳に入っちゃいけないこと？

「リリーが嫌がらせをされていて、その犯人がクラリーナという噂が今の学園で流れてるなんて知ったら……」

「確実に何かトラブルを引き起こす」

私の突然のバルコニーからの登場に友人達はひどく驚き、固まってる。

驚きすぎて声も出ないらしい。

「どういうことですか？」

私の行動は無意識で、出した言葉も無意識だった。

理解が上手くできなかった。

机の上には、消えろ、離れろなどの単純な悪口が書かれた手紙の数々。

リリーが嫌がらせ？

クラリーナ様が犯人？

扉の向こうからバタバタと走る二人分の足音が近づいてくる。

「皆様!!　ああ、やっぱり……!!」

「申し訳ございません!!」

アダムとシャーロットだ。

二人とも肩で息をしているのを見ると、相当急いで私達を追ってきたのだろう。

その顔は真っ青だった。

やっぱり？　アダムとシャーロットはこのことを知ってたの？

知らなかったのは私だけ？

お願いだから、誰かこの状況を……

「説明してくださいませ」

「スピカ、お前、どうして窓から……」

「ベロニカの魔法です、オリオン様、説明しましたよ？　次はそっちです」

「スピカ、落ち着いて？」

「落ち着け？　ベル、私はこの上なく冷静よ？　私は、大切な人達に大切なことを話してもらえなかった。自分を棚に上げているってことは痛いくらい承知しているけど、今回のこれは……」

私はもう止まれなかった。

「スピカ様、あの……」

「シャーロット、アダム？　あなた達は知っていたのね？　コソコソと調査していたのは、このことね？　今日だってここでみんなが集まることを知ってて、全部黙っていたのね？」

「スピカ、それはね？」

リオンが優しく言うけど、でも。

「ねえ、みんな……ずっと私にこんなに重大なことを隠していたの？　嫌がらせに噂っていつから？　他の生徒に口止めまでするって……夏休みに寮に残っていたのもこのためだったの？　そもそも、病気って……答えてっ！！！」

どうして？　どうして？　こんなに大切なことを話してくれなかったの？

私だけ何も知らないまま……

悔しくて、やるせなくて、泣きそうになった。けど、何だか泣いたら負けな気がして、私は唇を噛《か》んだ。

自分勝手だけど、話してもらえないのってこんなに辛いんだね……

「ああ、私はなんてことを……」

「すみません、スピカ様……俺!!」

シャーロットとアダムの方が、そんな私を見て泣きそうになっている。

思わず顔を逸らしてしまった。

必死になって謝ってくれるけど、今の私には二人に微笑むことは難しいから。

「スピカ様!!　申し訳ありません!!」

「リリー？」

すると、リリーが急に私に頭を下げて二人は悪くないと弁解する。

「シャーロットとアダムは何も悪くありません！　スピカ様に黙っていてほしいと二人にお願いしたのは私なんです！」

「リリーだけじゃありませんわ、全員で話さないと決めたのです」

そこに被せるように、クラリーナ様が私にとって残酷なことを告げた。

全員で決めた？　私ってそんなに……

「私はそんなに……頼りないですか……」

「それは誤解だ！」

「うん！　そんなこと思ってないよ!?」

「じゃあ、どうして……!?」

セドリックとリオンがフォローをしてくれるけど、やっぱり納得いかなかった私は少しキツく言い返してしまう。

「お前がまた暴走すると思ったからだ」

すると、オリオン様が泣きそうな私にまっすぐに言い放った。

「リリーが嫌がらせをされ、犯人がクラリーナだと疑われてる。お前はどんな手を使っても真犯人を捜すだろ？」

「当たり前です！」

「……犯人は用意周到だ、一つも証拠は出てこない。この意味わかるか？」

「え？　えっと……」

「頭が切れる、危ない奴かもしれないってことだよ。そうだとしても、スピカは一人で危険なんか顧みずに突っ込んでいくでしょ？　スピカを危険な目に遭わせたくないというのが僕達の総意なんだ……それなら最初から何もなかったことにしようって」

「お前が、あえて危険な目に飛び込んでいくのを俺達は黙って見ていられないんだ」

オリオン様とベルが二人で私を諭《さと》すように柔らかい口調で……しかし、はっきりと告げる。

これは私が周りの気持ちをないがしろにして、好き勝手にやってきた結果だ。

当然の結果だった。

大切な人達を守るためとはいえ、私はその大切な人達を置いてけぼりにした。

本当にたくさん泣かせたもんね。

それでも、私は……

「ありがとう……でも、みんなが私を心配してくれるように、私もリリーとクラリーナ様の……友達の心配をしたいよ。友達のために怒るってそんなにダメ？」

私の言葉にみんなは顔を見合わせる。それから、絶対に報告をするという条件を出され、喧嘩していたわけではないけど、私達は仲直りをした。

しかし、夏休みが明けてすぐだ。

ベルが集団リンチに遭ったと知らせを受けたのは……

「ベル!!　どこ!?　ベルンハルト・フリードはどこですか!?」

「スピカ、こっち……」

「ベルウウウウウウウッ!!」

私はパニックになりかけながら学園の医務室のドアを開けた。

ベルは一番奥の窓際のベッドにいて、もうオリオン様達は集合していた。

私の目に飛び込んできたのは、頭と腕に包帯を巻かれ、唇も切れてしまった痛々しいベルの姿だった。

「ベル……な、んで……ベル!!」

「スピカ、落ち着けって」

セドリックが宥《なだ》めてくれるが、私には落ち着くなんて夢のまた夢で……

「これが落ち着いていられる!? 集団リンチって……何で……」

「夜の散歩をしててさ、それで後ろから突然殴られて……さすがに不意打ちでの十対一は厳しかったかな」

「お付きの者つけてよ……バカァ……!!」

「ごめんって、大丈夫だから、ほら？ スピカ泣かないで？」

医務室に来るまでは、本当に生きた心地がしなかったのに、本人であるベルは笑う。

そんなだから涙は引っ込んでしまう。

「ベルンハルト様!! 笑い事じゃありませんよ？」

「本当にな……全治一か月だぞ？」

「もう！ 私達が、どれだけ心配したかわからないんですの!?」

「でも、普通に歩けるしな～」

「待って、ベルンハルト、何かよからぬことを考えていないよね!?」

私が取り乱す横で、落ち着いた様子に見えた友人達も、やっぱりとても心配をしていたようだ。

リリーは困ったように諭《さと》し、セドリックは呆れたように言う。

そして、クラリーナ様は安心の反動か少し怒っていた。

まあ、当の本人はどこ吹く風で……

そこに珍しく、鋭いツッコミを入れるのはリオンだ。

「とにかく無事でよかった……まあ、犯人は全員捕まったから、ひとまず安心だ」

オリオン様が言うにはベルは全員の顔を覚えていたらしく、すぐに名簿と照らし合わせ事情を聞きに行くと、あっさりと全員が認めたらしい。

リンチの動機などはこれから事実確認の段階で明らかにしていくらしいが、犯人達は子爵や男爵の息子達ばかり。

四大貴族のベルに怪我をさせた責任の処罰は退学に相当するほどだ。けれどベル自身が、まず理由を聞いてからで判断は任せてほしいと学園長に申し出たらしい。

しかし、それは連鎖していった。

＊＊＊

「スピカ様!! また……!!」

「今度は何よ!?」

「リリー様、セドリック様の噂は広まり続けております！　そして、今度はオリオン殿下まで……」

「何ですって!?　噂の発信は誰!?」

「わかりません……根も葉もない噂にさらに尾ひれがついていて……!!」

「手が付けられんな、なぜこんな……」

シャーロットは焦ったように私に報告をし、ベロニカまで苦悶《くもん》の表情だ。

クラリーナ様がリリーいじめの主犯だという冤罪《えんざい》の噂はなくならず、さらに被害は友人達に広まっていた。

リリーの噂は、父親と仲が悪く、勘当直前というもので、貴族に対する最大の侮辱。

セドリックの噂は、裏社会の大物と繋がっているというもので、国を守る騎士団に入ろうとしてる者への最大の冒涜《ぼうとく》。

そしてオリオン様の噂は、ベルの集団リンチを仕組んだ黒幕だというもの。

「こんなバカげた大嘘を、他の生徒は信じるって言うの!?」

「スピカ様はよくご存知かと……」

「はあ……そうね？　みんなの机や部屋に届く怪文書の数々、廊下を歩けば感じる、刺すような視線……何でよ……!?」

「スピカ!!　こんな時に、お前まで取り乱してどうするのだ!!」

アダムに言われ、私は叫んでしまう。

それをベロニカが宥《なだ》める。

あんなに優しいみんながこんな目に遭わなきゃいけない理由は何？

シャーロットとアダムにどんなに隅々まで調査を頼んでも、ベロニカにまで手伝いをしてもらっても、一向に事態は好転しなかった。

他の生徒に話を聞こうにも、みんなと仲がいい私は避けられてしまう。

証拠もない、動機もわからない……

自分が情けなくて、仕方なかった。

けど、悪いことはまだまだ続く。

「スピカ様ッ‼」

バタンッと、すごい勢いで扉を開け放って入ってきたのは、リリーだ。

血相を変えて、肩で息をするリリーを見て、私は嫌な予感しかしない。

「……リリー？」

「スピカ様、リオン様が……」

「リオン、が……？」

「階段から突き落とされて……‼」


リリーはクラリーナ様達に報告に行くと、私の部屋の前で別れた。

私はすぐにリオンの元に向かった。

突き落とされた時に周りに何人も目撃者がいたこと、その場で犯人が捕まえられたこと、階段から落ちた時、リオンが足を痛めたことをリリーから聞いた。

私は足を痛めたと聞いて、ゲームでのリオンのシナリオを思い出し、強制力の文字が頭から離れなくなった。

医務室から自室に戻っていたリオンは、困ったように眉尻を下げて苦笑した。

「スピカ！　本当にごめん、びっくりさせたよね？」

「リオン、足を怪我したって……？」

「もう知ってるの？　そうなんだよ、情けないことに少し捻《ひね》っちゃって」

「歩けるの……？」

「え？　まあ、ちょっとの間は松葉杖かもしれないけど」

「あ……車椅子は？」

「そんな重症じゃないよ、怪我が治れば元通りだよって……スピカッ⁉」

よかった、本当によかった……リオンと歩ける、これからも……

私は安堵したことで力が抜けて、その場にへたり込んでしまった。

視界の端で、当のリオンがあわあわしているのが少しおかしかった。

すると、一斉に友人達がリオンの部屋に駆け込んできたので、私は立ち上がる。

「リオン、大丈夫なんですの⁉」

「歩けないって聞いたぞ！」

「違う違う！　怪我はしたけど、すぐに治るし、歩けるから！」

「本当に⁉　ああ、よかった……」

「リオン、リリーからも聞いたが、お前の口から話してもらえるか？」

クラリーナ様とセドリックのあまりの剣幕に、リオンは慌てて修正する。

そのリオンの言葉に、ベルは安堵の声を上げていた。

隣ではオリオン様も少し微笑んだが、すぐさま真剣な顔に変わり、リオンに説明を求める。

リオンの話によると本を読みながら廊下を歩いていて、後ろから走ってきた生徒に気付かなかったらしい。

そして、そのままぶつかってリオンは階段から落ちたというが……

「違います！　リオン様が悪いわけでは絶対にありません！　犯人の生徒はリオン様を間違いなく押しました、完全に故意の行動です！」

「え!?　リリー、そうなの!?」

私は驚いて、思わず声が裏返る。

「間違いありません！　私がリオン様に話しかけようとした、まさにその瞬間の出来事です！」

「ああ、目撃者の生徒の証言とも一致してる……そこで、俺から一つ提案がある」

「提案って、何ですか？」

リリーが顔を歪《ゆが》めて、そう尋ねた。

待って、それじゃ今回のことは……

次に言った言葉は予想できないものだった。

「前々から考えてはいたんだが、今回のことが決定打になった……俺達七人は少しの間、距離を置こう」

オリオン様の言葉は金属バットで殴られたぐらいの衝撃を私に与えた。

オリオン様の話はこうだ。

私達七人の誰かが次々とターゲットにされているのは、偶然じゃない。

敵の狙いはわからない。

けど、手掛かりとなるリリー、クラリーナ様、セドリック、オリオン様宛にそれぞれ届いていた怪文書を分析すると、離・れ・ろという類の意味を示すメッセージが圧倒的に多かった。

それが要求なのだとしたら、離れろの意味は私達七人のこと。

動機などは詳しくわからないけど、ほとぼりが冷めるまで、私達は一切の接触を絶った方がいいというのが、オリオン様の……第二王子の判断だった。

「わかりません……どうして、私達が離れなきゃいけないんですか!?」

「スピカ、決してすぐに納得してくれとは言わないが、わかってくれ」

「何かあってからじゃ遅いからね、僕はオリオンに賛成だよ」

オリオン様にベルが頷く。

「待って、ベル！　何かって……そんなことにならないように私が守るよ！」

「敵の要求を呑むことも戦争をする上での選択の一つだ、スピカ」

「何で、今日に限ってそんなに思考が柔軟なのよ！　セドリック！」

「悔しいですけど……今はそうするのが正解なのかもしれません」

「時間が解決するまで、大人しく待つことしかできないのかもね……」

リリーとリオンは私を見つめて言う。

「リリーとリオンまで！　何も悪いことはしていないんだよ⁉　それなのに……」

「スピカ、オリオンの考えは正解よ？　敵の目的がわからない以上、不用意に刺激することはしてはいけませんわ」

「クラリーナ様‼　けど、こんなの絶対におかしいです‼」

わかる、みんながオリオン様の意見に無条件で賛成するのは私が原因だ。

まだ唯一被害が出ていない私を、この事件から遠ざけるため。

もっと言ったら、犯人と接触して暴走するのを止めるため。

けど、いつまでこんなことが続くのかわからないんだよ？

ごめんね、私には無理だよ。

みんながバラバラになるなんて……

# 第五章　宣戦布告は自由への道しるべ

私達が距離を置くことになって、二週間が経った。

季節は、すっかり秋から冬に変わろうとしていた。

私達が距離を置くと、友人達と大喧嘩し、絶交したという噂がまた他の生徒から聞こえてきたが、皮肉にもその噂が大きくなればなるほど、友人達に対する中傷や噂は収束していった。

嫌がらせも、全てが収まった。

この学園は表面上は平和を取り戻そうとしていた。

「シャーロット、アダム、ベロニカ、調査の報告をお願い！」

けど、そんな見せかけの平和は私にとってはゴミと同じだった。

「今回の事件は、スピカ様のご友人様達をターゲットにしているということだけは明らかなので、皆様に何らかの恨みがある共通の人物を捜しましたが、いまだに見つかっておりません」

「シャーロット、引き続き捜して」

「噂の鎮静化は順調です、皆様への被害も特にはありません」

「アダム、しばらくはみんなを守って」

「次は我か……スピカ、この王国では魔法は禁じられておるはずであるな？」

「うん、例外はあるけど、基本的には」

「それなら、やはりおかしい！　ベルンハルトとリオンの件で、実行犯を捕まえたであろう？　そいつらが事実確認の取り調べで、妙なことばかり口にしておるのだ！」

「妙なことって？」

「自分がやった、自分でやった、他は誰も悪くないと……ずっと、呪いのようにその言葉を繰り返すのだ！」

私は震えが止まらなかった。

思い出した、点と点がようやくこれで繋がった。

次の日に手紙を書いて、それをアダムに匿名《とくめい》で届けてもらった。

手紙の内容はシンプルだ。

『使われていない飼育棟の最上階にて待っている』


使われていないこの飼育棟には昔、フクロウが飼われていたらしい。

今は瓦礫《がれき》やガラクタがそこらじゅうに散乱していて、足の踏み場もない。

私はここにある人を呼び出した。

その人はとても負けず嫌いだ、必ずここに来る。

「手紙は、あなたでしたか」

「お手数おかけしますわ、バルト・リズバニア様」

バルトの後ろには誰もいないようだ。

絶対にバルトならここに一人で来ると思ったから、私も誰にもこのことを知らせず、一人でここに来た。

オリオン様達の報告の約束は気になったけど、私達がバラバラになってしまった今はその約束ももう……

「お話しするのは、お久しぶりですね」

「ええ、そうですわね、私はバルト様に嫌われてしまったようですから」

「まさか……スピカ嬢は、僕には素晴らしすぎる女性ですので、身を引いてしまいました……もし、ご気分を害されたのなら謝罪をさせていただきます」

「あら、私の誤解でしたのね。謝るのは私の方ですわ、申し訳ございません」

バルトはやたらと友人達にばかり接触して、私を避けていたのは明らかだ。

だから、嫌味と揺さぶりの意味でこんな言い方をしたのだが、バルトは瞬きすらしなかった。

爽やかな笑顔を顔に貼り付けて、ある意味でポーカーフェイスのまま。

「可愛いお方だ、今回の呼び出しはこのことだったのですか？」

「……嘘がお上手ね。そうでないことは手紙の主が私だとわかった時点で、把握しているのではないのですか？」

「はて、何のことでしょうか？　僕にはさっぱり……」

「マインド・コントロール」

ようやく、その笑顔が歪《ゆが》むのが見られて嬉しいような、怖いような……

すぐに笑顔に戻ったけど。

バルトはダムレボ内で校内いじめの主犯で裏ボスという設定だが、そのいじめのやり方は狂気に満ちている。

他人の心を自由自在に操るマインド・コントロールを使えるのだ。

それを使って、直接手を下さずに犯行を繰り返していた。

どんなに捜しても証拠が出ない理由は全てこれで説明がつく。

「バルト様、今回の事件、あなたが裏で糸を引いていたのですよね？」

「……仮に僕が犯人だとしましょう、証拠はあるのですか？」

「ありません」

「それでは、僕が犯人と決めつけるのは少し難しいですね……まあ、元々僕は犯人ではないので、証拠がないのは当然のことなのですが……」

「いいえ……犯人はあなたですわ。私はあなたが犯人だと確信しています」

当たり前だ、証拠がないのだからしらを切ることはわかっている。

私はバルトが使う、マインド・コントロールのきっかけを知らない。

マインド・コントロールには、何かきっかけとなる行動や物質が必要となる。

けど、ダムレボには、そこまで詳しく出てこなかったのだ。

「これは困りましたね……信じてはもらえないのでしょうか？」

「……あなたが本当の姿を現したら、私は全てを信じます」

「本当の姿？」

「バルト・リズバニア様、逃げられると思わないでくださいね？」

これはバルトへの宣戦布告だ。

バルトに会ったその夜、私は学園の裏側に回り、そこの茂みに隠れながらオリオン様の部屋を訪ねた。

「オリオン様！　スピカです！」

「……は？　幻聴か……？」

「オリオン様！　ここです！　窓の外を見てくださいませ！」

「窓のって……おまっ、何を……!?」

「あ、これなら、誰にも見つからないかと思って……」

オリオン様は、私のことを慌てて窓から部屋に引き上げる。

ドレスのあちこちに付いた葉っぱを取りながら振り返ると、そこにはオリオン様の怒った顔があった。

え？　まさかの激ギレですか!?

「あの……オリオン様……？」

「お前は、今の状況と伯爵令嬢としての自覚がないのか!!」

「あ、いや、だからですね？　細心の注意を払って、誰にも見つからないように学園の裏側から……」

「その様子だと、シャーロットとアダムに内緒で来たんだな？」

「う……!!　そ、それは……」

それは図星だったので、私は黙って目を逸らすしかなかった。

視界の端でオリオン様が、深くため息をついたのがわかる。

とりあえず、私に座れと促されたので、その通りにソファーに座る。

オリオン様は私の向かいに座ると、話を切り出した。

「それで、何をしに来た？」

「何をって……久しぶりにまともにお話をするんですよ!?　もっと他に……何か言うことはないんですか!?」

私が不満を隠しもせずにオリオン様に言い返すと、オリオン様は困ったように笑う。

オリオン様は昔から、自分の感情を素直に表現する人だ。

けど、今の表情は本音を隠した大人がよくするようなもので……

私は途端に、言い様のない切なさを感じて、心が締め付けられた。

「わかったから、早く用件を頼む」

「もう、わかりましたよ！　あの、みんなでお手紙交換をするのはどうですか？」

「手紙？」

「直接の接触がダメなんですよね？　それなら、手紙を通じてやり取りを……」

「ダメだ」

「なっ⁉　何でですか⁉」

「今のこの状況だって、どこで誰が見てるかわからないんだ」

「そんな、さすがに考えすぎです‼」

「根拠はあるか？　俺は、少しの危険でもあれば、許可はできない」

オリオン様は私が説明するわずかの隙間も与えずに、ピシャリと言い放つ。

そのまっすぐな意志の強い瞳に、私は負けそうになる。

思わず俯いて、唇を噛《か》んだ。

頭ではわかるのに、私はやっぱり今の状況が受け入れられなかった。

「……スピカ」

「状況はわかりますけれど、それでもここまでする必要があるんですか……」

「その件は、散々話しただろ」

「納得したとは一言も言っていません！」

「はあ……」

「……そんな顔しないでくださいよ」

困らせていることは承知の上だ。

「……スピカ、どうし……!?」

「出会った頃からそんな顔をさせたいわけではないんですけれど、オリオン様を困らせているのは、大抵が私ですね……」

私はソファーから立ち上がり、オリオン様の隣に移動する。

そして、彼の頬に触れた。

オリオン様はすごく驚いて、固まってしまったけど……

少し硬い頬から伝わる、オリオン様の温もりは昔と同じ。

「どうしたらいいですか……」

「スピカ……ま、まずは、手を……!!」

「どうしたら……離れずに済みますか」

私の言葉に、これでもかというほどオリオン様は目を見開いていた。

「私、オリオン様に、すごく……!!」

次の言葉が出ようとしたところで、私はようやく我に返った。

会いたかった……だから、その言葉を私が発することはなかった。

正確には、なぜか言葉にすることができなかったのだ。

待って、会いたくて？　会いたいってどういうこと？

誰が誰に？　私がオリオン様に？

その会いたいという単語を自覚した瞬間に頭に警報が鳴り響いた気がした。

「すみません！　私、帰ります！」

「は？　ま、待て、スピカ！」

今の状況で私が大人しく待つはずもなく、窓を飛び出して学園の裏側を出せる限りのスピードで駆け抜ける。

自室に戻るとシャーロットが青筋を立てていた。

「スピカ様!!　私とアダム、それにベロニカ様まで捜してたんですよ!?」

「はあ……はあ……ご、ごめん……」

「謝って済む……スピカ様!?　いったいどうなさったんですか!?」

「な、何が？」

「お顔が真っ赤です!!　まさか……」

「そう！　あまり体調がよくないの！　今日は休むわ！」

「え？　あ、お待ちください！」

シャーロットの声を振り切り、一目散にベッドに潜り込む。

きっと風邪でも引いたのだ、心臓がバクバクと落ち着かないのも火照《ほて》った顔も。

全部が風邪のせいに決まっている。

今はちょうど季節の変わり目だから、気付かない間に風邪を引いたんだ。

私は自分の頭の奥に浮かんだ感情を振り払うように、目を閉じた。

私はモブなんだから、気のせいだ。


「あの、スピカ様、顔色の方があまり優れないようですが……」

「ご心配恐れ入ります、エレノア様、少し疲れているだけですわ……」

エレノア様は会う度に私を心配して紅茶の茶葉などをくれるようになった。

みんなと離れて、もうすぐで一か月になってしまう。

オリオン様の偉そうな口調が、ベルの鋭い指摘が、クラリーナ様の厳しいお説教が、リリーの弾むような笑い声が、セドリックとの口喧嘩が、リオンの慌てるような仲裁が、恋しくてたまらない。

こんなに友人達の声を聞かないの、初めて……

「皆様とお手紙の交換などをされてみてはいかがですか？　それなら、直接お話をするわけではありませんし……」

「私も同じことを思いついてオリオン様に相談したのですけど……どこから見られているかわからないから、ダメだと言われました」

「そう、なんですか……」

バルトのマインド・コントロールの証拠を見つけることはできていない。

私が宣戦布告をしてから、バルトは以前にも増して周りを警戒していた。

今は特に事件も起きていないし、身を潜められたらもうお手上げだ。

「……エレノア様は、バルト様とは幼なじみなのですよね？」

「え……あ、はい」

「突然すみません。バルト様ってみんなと親しくしているように見えて、どこかで線を引いているように思えて……けど、エレノア様に対してはそれをまったく感じないので、気になって」

「そう見えるのですか？」

「とても仲よしだなと思いますよ？」

「そんな……」

仲よしと言うと、エレノア様はわかりやすく顔を赤く染めるが、同時にすごく苦しそうに見えた。

バルトの、あの貼り付いた笑顔が少しだけ人間らしく戻るのは、エレノア様と二人で過ごしている時だけだった。

「出会いはいつなんですか？」

「バルト様が……えっと……」

「大丈夫ですわ、バルト様の家庭の事情は全て知っているので」

「え？　でも、これは、王国内でも限られた人間しか知らないはずですが……」

「父が宰相だと、何かと情報が集まってくるものなのです」

そんなの大嘘である。

ダムレボの知識と、アダムとシャーロットに調べさせたから。

お父様が四大貴族の最重要事項を娘であろうと漏らすわけがない。

けど、私はそんなの普通よ、とでもいうようなあっけらかんとした演技をする。

「そうですか……バルト様が四歳でリズバニア家に引き取られて、すぐです」

「オルコット家がリズバニア家の直属の家従だからですか？」

「おそらくそうです、出会った頃のバルト様は笑わない子でした」

「笑わない？　バルト様がですか⁉」

「今のバルト様からは想像しづらいかもしれませんが、あの頃はまるで感情が抜け落ちてしまったかのようで、怖くて……けど、初めて私のことを認めてくださったのはバルト様でした」

「認めてくれたとは……？」

「私の姉達は気立ても要領も良く、淑女として申し分なく育ちました。そんな出来のいい姉達と、勉強ばかりしている私はよく比べられて……そんな時にバルト様が私に言ってくださったんです、君は君でとても素晴らしい人間だと思うよと……バルト様が初めて笑ってくださったのもその時でした」

「……素敵な思い出ですね」

「私にはもったいなきお言葉です……それからバルト様が留学される九歳の時まで、私達は一緒に育ちました。留学されてからも手紙のやり取りと、一年に何度かは父の仕事について会いに行くことも」

「本当にお二人は仲がいいのですね……」

エレノア様はバルトのことについて話をする時、本当に幸せそうだった。

心の底から大切なのだと、その気持ちは痛いほどわかるから、私は泣きたくなった。

私はどれだけ残酷なことを……

「……本当に、ごめんなさい」

「え……？　スピカ様？」

「エレノア様ならご存知ですよね。私の友人達の身に起こった事件、その犯人がバルト様だということを」

エレノア様は言葉を失って、みるみるその顔が真っ青になっていく。手は震えて、目は怯えているようだ。

そんな極限状態に近いエレノア様に私は話を続ける。

「お願いです……教えてください。エレノア様なら、バルト様のマインド・コントロールの仕掛けを知っているはずです」

「あ、あの……あの、わた、し……」

「……エレノア様は、バルト様を愛しておられるのですよね」

「え⁉」

「好きなんて言葉では、あなたの想いにはふさわしくありません……私はエレノア様の話を聞いてそう感じました」

「スピカ様……」

「それなのに……ごめんなさい‼　本当にごめんなさい‼」

「スピカ様⁉　頭を……‼」

私のやっていることは最低だとわかっている。でも、それでも……

「もう、あなたしかいません……長い間心を擦り減らせてきたバルト様を救うことができるのは、隣で支え続けたあなたしか……」

「スピカ様、気付いて……⁉」

私はエレノア様にとても長い間、頭を下げ続けた。それしかできないからだ。

私はエレノア様に、愛する人を裏切れと言っているのだ。

それがエレノア様をどんなに苦しめるのかわかっていながら。

「終わらせることができるでしょうか」

「エレノア様……」

「私に、バルト様をお救いすることが、本当にできるのでしょうか」

「バルト様とエレノア様の過ごしてきた時間は本物です。エレノア様の想いは必ず伝わります、私が無駄にさせません」

「やっと、準備完了ってやつよ」

「今回のこと、お前が、相当頭にきていることはよくわかった」

「やりすぎだと思う？」

「まさか、優しいくらいだ」

ベロニカが笑うので、私もそれにつられるようにクスリと笑う。

季節は、もう冬になっていた。

みんなが隣にいないからなのか、例年よりとても寒く感じてしまう。

一緒に過ごしていた心地好さや温もりが感じられない……

「スピカ様」

「お呼びでしょうか」

「待ってたよ、二人で手分けしてこの手紙をみんなに届けてくれる？」

少し感傷に浸ってると、シャーロットとアダムが部屋に入ってきた。

私は六通の、何色もの色を使った綺麗な星柄の便箋《びんせん》を、二人に差し出す。

二人は少しの疑問も持たずに慣れたように、私から手紙を受け取る。

『全校集会が終わったら、使われていない飼育棟の最上階に来て』

手紙の中身はシンプルにそれだけだ。

「他に何か、皆様にお伝えすることはございますか？」

「……待たせてごめん、それだけかな」

「承知いたしました」

「今日で、全て終わらせるわよ！」

私はシャーロット、アダム、ベロニカとそれぞれ視線を合わせて、告げる。

そして、全員が頷き返す。

やられっぱなしになっているのは今日この日で終わりだ。

＊　＊　＊

今日は月に一度開かれる、全校集会の日だ。

全校集会では生徒会長とシリウス殿下を中心に生徒会のメンバーで学園や王国の変化を報告し、改善策を考える。

この学園は王都からとても離れた距離にあるため、情報伝達の遅れを防ぐ対策でもある。

しかし今日は、税の取り決めの変更や隣国からのお客様情報などの報告だけで終わることはない。

「シリウス殿下、今回はご無理を言って本当に申し訳ありません」

「こんなのたやすいことだ、全然気にしなくていいよ！　何より、僕達家族は君に頭が上がらないからね……」

「そ、そんな……恐れ多いです！」

「謙虚なところも君の魅力だね……オリオンを、弟をまた救ってくれ」

「シリウス殿下……」

シリウス殿下は私にそう言うと、壇上に出ていく。

私はシリウス殿下を見送るように頭を深く下げた。

「それでは最後に特例ではあるが、私の友人である、スピカ・アルドレード伯爵令嬢から一つ報告がある！」

そのシリウス殿下の呼びかけを合図に、私は登壇する。

「ご紹介に預かりました、スピカ・アルドレードと申します！　今回は、このような機会をいただき、シリウス殿下をはじめ、生徒会の皆様には改めて深くお礼を申し上げます！　事前に申し上げますが、これから私がお話しすることはシリウス殿下はもとより、国王陛下にも、既に許可はいただいておりますので、異存がある方は国王陛下にご意見があると認識いたします」

思わず、これまでの鬱憤《うっぷん》が溜まりすぎて喧嘩腰になってしまった。

そのことに生徒会のメンバーは少し焦っているようだが、シリウス殿下は笑顔のままだし、オッケーとしよう、うん。

私の宣言に、全校生徒は一瞬でざわめき始める。

そりゃそうだ、全校集会で生徒会以外の人間が登壇することはもちろん、発言をすることなんて異例だもんね。

しかし、シリウス殿下だけでなく、国王陛下にまで許可を得たとなれば、そこに異議を唱えるものはいない。

唯一、それができるとすればオリオン様だけど、私から見て右側の前列でわなわなと震えている。

「私がこれからお話しすることは、私の友人達にあらぬ疑いがかけられ、その派生で数々の嫌がらせを受けたことについてでございます！　皆様もよくご存知かと認識しております」

話を進めると、その内容に全校生徒はさらに騒然とした。

けど、生徒達の動揺とは裏腹に私の頭はとても冷静だった。

心臓の鼓動も普段と変わらずだ。

「この件におきましては、私の方から、解決いたしましたことをご報告させていただきますわ」

笑顔でそう告げると、驚きの声が何か所からか上がった。一つは確実にベルのものだね、うん。

興奮気味の生徒達は後列から私が立つステージに向かって波のように押し寄せてくる。その流れに抗うことができずに、前列の生徒達も押されてどんどん前に来る。

うわ、あの中に入りたくないわ……。

そんな感情を露ほども出さずに、私は笑顔で話を続ける。

「関わった人間に関しては、個人情報や立場もありますので公表は控えさせていただきます。ご心配おかけしましたことを、心よりお詫び申し上げます」

私が頭を下げると、今度は生徒達から実名を出せ、詳細を説明しろなど口々に野次が飛ぶ。

人間の悪意という悪意が、まっすぐに私に突き刺さる。

私が頭を上げると、最前列に友人達が立っていた。

きっと、この状況を収めようと揃って前に出てきてくれたのだろう。

けど、大丈夫だよ？　ありがとう。

この甘ったれた貴族の出来損ない達をまとめて黙らす術は用意してるから。

「本日は、皆様にご紹介したい方がおります！　こちらはベロニカ様、我が王国を代表する科学技術の権威ですわ」

「どうぞ、よろしく頼む」

私が紹介したのはベロニカ、伝説の魔女であるあのベロニカである。

友人達は困惑の表情で行く末を見守っている。

「ご存知かとは思いますが、実害を及ぼした方には既に罰が与えられ、然るべき措置がとられました！　しかし、皆様はご存知ですか？　全ての物事には必ず痕跡が残るものなんです！　今回、私はベロニカ様にご協力いただき、友人達への嫌がらせの手紙の送り主、全ての噂の発信元など、この件に関わった末端まで全ての人間の詳細を把握することに成功しました！」

つまりベロニカの魔法で、真犯人の仕業に見せかけて、裏でいろいろやってくれた小悪党を特定したというわけだ。

本当に大変だったんだよ？　真犯人だけじゃなく、かなりの数になったんだから。

学園の隅から隅までその時と場所で時間を遡ったり、手紙に付着していた指紋や化粧品を照合したり、本当に疲れた。

結論を言うと、友人達のファン同士がそれぞれを蹴落とそうと小競り合いした結果が、

状況を複雑にしていたわけだけど……

普通に許すわけないよね？　ねえ？

「皆様、恐れ多くも私はリオン・ターメリック様に次いで、入学時から次席の座を守らせていただいております。昔から記憶力だけは自信がありまして……私の友人達が精神的苦痛を味わったことは紛れもない事実！　それを知りながら黙っていた方々も同罪だと私は考えますわ！」

私はあえて、遠回しな言い方をする。

その私の言わんとしていることが徐々に理解できてくると、生徒達は急に静けさを取り戻していく。

心なしか、あちこちに冷たい空気が流れ、震えている生徒達が見える。

そうだ、そうだ、もっと怯えろ。

「身に覚えがある方々、今後はくれぐれも油断せず、平和に過ごせますよう、心よりこのスピカ・アルドレードが祈っておりますわ」

私が言いたいことをまとめると……

今回裏でコソコソとつまらない悪事を働いた奴は全員顔も名前も覚えていた。また妙なことをしたら、この王国で無事に生涯を終えられると思うなよ？

まあ、ざっくりとこんな感じですかね！

あー、少しだけど、スッキリした！

私は何事もなかったかのように満面の笑みでステージを下りる。

ガタガタと恐怖に震える者、責任をなすり付けて喧嘩を始める者、親に何と報告をすればと嘆く者と反応はそれぞれだ。

自業自得だろ？　一生後悔してろ。

大ホールを後にして、手紙で友人達を呼び出した飼育棟に向かう。

そして、私は最上階に上っていく。

「さて、化けの皮を剥がそうか……」

最上階に着いて少し経った頃、久しぶりに聞く大好きな人達の声が階段を上がってくるのが聞こえる。

私は振り返って、みんなを出迎える。

話すこと、目を見ること、全て本当に久しぶりだった。

「みんな、久しぶりっていうのも変か……元気だった？」

「スピカ様ああ……!!」

私の出迎えの言葉を聞いて、真っ先に抱きついてきたのはリリーだ。

その勢いに私は若干よろめきつつ、泣きじゃくるリリーをしっかりと受け止める。

これを感動の再会だと言うとおかしな話だと思うけれど、すごく嬉しかった。

全員揃ったね、やっと……

「ごめんね？　お待たせしました！」

「お前は何を言ってるんだ！」

「そうですわ！　あれほど一人で勝手な行動は慎めと……」

「それは、あくまでみんなで動く場合の話です！　バラバラになったら、それらの話は無効です！」

「完全なる屁理屈ってやつだよな」

離れていても衰えず、オリオン様とクラリーナ様は、私に呆れたようにさっそく言葉の矢を飛ばしてくる。

私がどうにか弁解しても、セドリックの冷たい正論の前では虚しく散るだけだ。

「お話、したくて……ずっと……!!」

「よしよし、リリー？　大丈夫だよ」

「はあ……とにかく、聞きたいことが山ほどあるんだからね？」

「スピカ、僕達を呼び出した理由は？」

とにかく、私は大号泣してるリリーをどうにか宥《なだ》める。

その横で頭を押さえ、ため息をつくベルと心底困惑したような顔を向けるリオン。

「あ、もう少しだけお待ちを……」

そして、私の言葉を遮るタイミングで現れたのは、バルトとエレノア様だった。

バルトは友人達がこの場にいることに少しばかり驚いた様子だったが、エレノア様は至って冷静。

私はお待ちしていましたと、二人に告げる。

「スピカ。俺達だけでなく、バルトやエレノア嬢までここに呼び出したというのはどういうことなんだ？」

「皆様をお呼びしたのは、今回の事件の詳細をお話しするためです。皆様には知る権利と話す権利がありますから」

「スピカ嬢、僕とエレノアはこの場にはお邪魔では？」

オリオン様に私が答えると、すかさずバルトはこの場から去ろうとする。

意外と往生際悪いよね？

一方で、友人達は、話す権利の意味がわからずに混乱しているようだ。

エレノア様は顔を歪《ゆが》めている。

これでいいの、これでいいの……私は自分に言い聞かせた。

「バルト様、あなたとエレノア様がこの場に必要な理由は、ご自分が一番おわかりになっているはずです」

「スピカ、どういうことなんですの？」

「……今回の事件、裏で糸を引いていたのはバルト・リズバニア様だったのです」

私の言葉に友人達は固まり……動けなくなった。

とても信じられないのだろう。

表向きのバルトは成績優秀で、生徒や教師から信頼も厚く、友人達とも親しくしていた非の打ち所のない人間だ。

一斉に友人達はバルトの方に視線を移した。

バルトは笑うが、私の話を聞いた後だと、その笑顔は友人達全員の背中に一瞬で悪寒を走らせたようだ。

さっきまで平気だったのに、今ではその笑顔がひどく恐ろしく感じてしまうのだろう……

「スピカ、詳しく説明してよ」

意を決したようにベルが、バルトから視線を逸らさずに尋ねてきた。私はそれに答える。

「……ベルを集団リンチした生徒達、リオンを突き落とした生徒。その全員が揃って自分がやった、自分でやった、他は誰も悪くはないと同じ言葉を、ずっと繰り返していたそうよ」

「奇妙な話ですね……」

「それもそのはずよ、生徒達はマインド・コントロールで操られていたの」

リリーは、聞きなれない言葉に涙が引っ込んでしまったらしく、今はただただバルトを穴が開くほど見つめる。

「まいんど？　こんとろ……え？」

聞き覚えのない単語に素直に反応するセドリックを筆頭に、友人達は全員が頭の上にはてなマークを浮かべる。

あ、天才のリオンも知らないんだ……

「簡単に言えば催眠術と似たようなものと言ったらわかるかな？　人心操縦術とも言うかな。それを使ってバルト様は何人もの生徒の心を何人も操り、リリーに嫌がらせの手紙を出させることから事件を始めたの」

私の話はまるで本の中の物語のように、友人達は感じるのではないだろうか。

あまりにも現実離れしているからね……

「スピカ嬢？　さすがに、そのような冗談はやめていただきたいな……」

「冗談ではありません、あなたはマインド・コントロールを使えますよね？」

「たとえ使えたとしても、生徒達にマインド・コントロールを使ったという証拠はどこにもありませんよ？」

「……証拠はあります」

「何？」

私の言葉に、バルトはそれまで浮かべていた笑みを一気に取り払った。

表情が抜け落ちたかのようにバルトは真顔で、普段よりも低い声で聞き返す。

その様は、まるで、違う人格が入ってきたかのようだった。

「エレノア・オルコット様が、全てをお話ししてくれました」

「は……？」

「マインド・コントロールの種は、コマですよね」

「コマだと？」

「そうです。対象者にコマが回り続けるところを見せてマインド・コントロールをかける。逆にコマが止まるところを見せればそれが解ける。バルト様は今もコマを身につけているはずです……全部、教えていただきました」

「エレノア？　う、嘘だよね？」

「バルト様、申し訳ございません……」

バルトから溢れる憎悪に、みんなが一歩下がったのがわかった。

「……この、裏切り者があああああ!!」

「キャアアアアッ……!!」

バルトは突然叫び出したかと思うと、そのままエレノア様に向かっていく。

「罪を重ねてはなりませんわ!!」

迷うことなく、私は飛び出していく。

向かってくるバルトの腕を掴んで動きを封じ、そのまま捻《ひね》り上げて、背中を蹴り飛ばした。

バルトはそのまま屋上の床に散らばったガラクタの中に倒れた。

動きやすいドレスはこれだからやめられないのよね？

けど、そんな私の振る舞いを友人達が黙っているはずもなく……

「スピカ！　淑女らしくと、何度言えばわかるのですか!!」

「淑女らしく以前に、四大貴族を普通に蹴り飛ばすなよ!?」

「少し、強かったかも……？」

淑女らしくという言葉は、私の一生のテーマだと思うわ、クラリーナ様。

一方、セドリックの言葉にはどうにか言い訳をしてみたが……

「強さの問題じゃないからね⁉」

リオンからの耳の痛い正論を食らってしまったわけで……

「スピカ様！　あの技はどうやっているのですか⁉　教えてください！」

「ほら、リリーに悪影響！　どうして、伯爵令嬢がそんなに強いのさ⁉」

ごめんね、ベル？

リリーへの悪影響は結構自覚している。

「スピカ、常々思っていたが、お前は何を目指しているんだ⁉」

「エレノア様、大丈夫ですか？　お怪我はありませんか？」

「は、はい、私は……」

オリオン様の指摘を流して、私はエレノア様を気遣うように駆け寄る。

「エレノア……なぜだ……」

「バルト、様……」

そうこうしていると、バルトはガラクタの山から這い出るように立ち上がる。

いつもの笑顔溢れる爽やかな雰囲気のバルト・リズバニアは、もうそこにはいなかった。

目は血走り、憎悪に溢れ、エレノア様を睨《にら》みつける。

エレノア様はガタガタと震えていた。

やっぱり、エレノア様はすごいよ……これほどの憎しみを向けられて、普通の令嬢なら気を失っている。

私はエレノア様に目で訴えた、大丈夫信じようと、訴えた。

すると、私の訴えに答えるようにエレノア様は頷く。

よかった、震えが止まったみたいだ。

それを確認すると、私はエレノア様を守るように一歩前に出た。

「お前まで、僕を裏切るのか……エレノアアアアアアアッ!!」

「あ……わた、わた、し……」

バルトの目は冷静ではなく、エレノア様はやはり怯えていた。

幼なじみとはいえ、バルトのこんな姿を見るのは初めてに決まってる。

そのバルトの瞳は、出会った頃の友人達を思い出させた。

「バルト！　エレノア様のことを責めるのは間違いよ、私が頼んだの！　それに告発した理由だって、全てはあなたを救いたいからなのよ!?」

「黙れ!!　お前が僕のエレノアをそそのかしたのか!?　返せよ……僕のエレノアを今す

ぐに返せ!!」

「聞いてってば!!　エレノア様は自分で決めたの！　今のままではあなたは危険なの！　抜け出してほしいんだって！　エレノア様はあなたを救いたいだけなのよ！」

「僕を救う？　何ができる、僕の人生は既に真っ暗なんだ!!　なぜだ、僕だけ不幸になるなんておかしいじゃないか!?」

どんなに自分にとっては正当な理由だとしても、他人から言わせたら理不尽以外の何物でもない。

エレノア様は泣いていた。

バルトのエレノア様への歪《ゆが》んだ愛情と、エレノア様からのバルトへの純真無垢な愛情。

一生交わらずに、想いがすれ違う様は見てる方も悲しいものだよ……

私の頬に冷たい雫が伝う。

私はその時、ようやく無意識のうちに自分が涙を溜めていたことを自覚した。

「だからって……!!　あんたが、他人の幸せを奪っていい理由にはならない!!」

私は叫びながらバルトに向かって走り出し、拳を振り上げる。

自暴自棄にならないで、まだ世界に絶望するには早いよ、やり直せるよ？

親は選べないとはよく言ったものだと思うけど、その親の存在で一人の人間の人生が変わるのは、紛れもない事実なんだ……

「殴るのか？　上等だ、四大貴族への無礼を働いたとして、裁判にかける！」

「上等、そんな脅しで逃げると思う!?」

バルトは私の行動に、これでもかと目を見開いた。

目を閉じていた友人達は予想する音が聞こえてこないことを不思議に思って、恐る恐る目を開けた。

全員がバルトと同じ表情をする。

私がバルトを抱き締めていたからだ。

「ごめんなさい……あなただけを救えなくて、本当にごめんなさい……」

あなたのことを救いたいだけなの……

私はずっと、大好きなダムレボの登場人物達に幸せになってほしかった。

幸せになってほしいから、今まで頑張ってこられた。

けど、一人だけ救えなかったダムレボの登場人物がいる。

それが、バルト・リズバニアだ。

「ごめんなさい、救えなくて……私が記憶を思い出すのが遅かったから……!!」

「何を……なぜ、泣いている……？」

バルトがわからなくて当然、この場の誰もが私の言葉を理解できないだろう。

これは私だけの問題なのだから。

謝りたかった、涙が止まらなかった。

ずっと、ずっと、バルトのことだけが私の唯一の心残りだった。

こうして謝るのは私のエゴだ。

「知っていたの、全部知っていたのに……」

バルトの本当の母親が死んだ時、私は二歳でまだ前世を思い出していなかった。

ようやく思い出した時には、バルトはリズバニア家で虐待を受けていた。

私は五歳で周りに頼れる人もおらず、まだ力を持っていなかった。

どうすることもできないまま、準備をしてる間にバルトは留学してしまった。

私はバルトを見捨てたも同然なのだ――

「時間は戻らないのに……あなたのことをこんなになるまで、私は……!!」

「意味がわからない……何を責める、何を謝るのだ……」

「バルト・リズバニア……私はあなたの幸せを心から祈ります……」

「何を……どうして、そこまで……」

「あなたに、幸せになってほしいから」

体を離して、私は涙でぐちゃぐちゃになった顔でバルトと向き合った。

バルトは目に見えて困惑している。

そりゃそうだ。こんなこと、急に浅い付き合いの人間に言われても戸惑うに決まっている。

「バルト、エレノア様が二年間、学園に通わなかった理由を知っている？」

「え、あ、いや……？」

「全部あなたのためよ」

「は？」

「スピカ様!!」

「エレノア様、ちゃんと話すべきです」

「けれど、私が勝手にしたことで……」

「今のバルトには、自分のために動いてくれる人がいるということを知るのが必要です！」

「スピカ嬢、それは……」

「バルト、世界を恨む前に、大切な人は案外近くにいるということを知るべきだと思うよ？」

バルト？　その力は恨みを晴らすために使っていいものじゃないよ。

心を病んでしまった、たくさんの人達を救うことがバルトにはできるはず。

絶望で、未来までも潰さないで？

「……バルト様が学園の入学式のために一時帰国して久しぶりにお会いした時、私は今まで抱いたことがない感情をバルト様に覚えたのです。怖いと……」

「エレノア……」

「そしてそんなバルト様を見て、私は恐れ多くもお救いしたいと思ったのです……」

「エレノア様のお部屋には、大好きな歴史の文献と同じ量の精神に関する本が揃っていたわ！　学園に通わず、ずっと独学で学んでいたと、すぐわかった……エレノア様がどんなことがあっても隣を離れなかったのは、一番にあなたの状態を理解していたかったからだよ？」

大切な人のためにここまで自分の人生を使えるエレノア様を、私は心の底から尊敬する。これを愛と呼ばなくて何と言うの？

あなたはその愛に気付かなければ罪を償うこともできないでしょう？

「ずっと、エレノア様はあなたのことを想っていたのよ……？」

「僕は、君をずっと苦しめてたんだね……」

「確かに、バルト様をお救いするために私は勉強してきました。けれど、私一人ではあなたを止められなかった……スピカ様が私に勇気をくれたのです」

え、アドリブ⁉　エレノア様、打ち合わせと違いますよ⁉

「スピカ嬢が？」

「私におっしゃったんです……バルト様の隣にいてくれて、孤独の闇に落ちないように支えてくれて、本当にありがとう、バルト様の力はたくさんの人を救うために使うべきだ、バルト様を助けてくれと、泣きながら……」

「泣きながら……」

「人のために泣き、人の幸せを一番に願える……こんな女神のようなお方が現実の世界に存在するのかと、心の底からそう思いました」

まさかの暴露に、私は穴があったらすぐにでも入りたかった。

＊　＊　＊

僕、バルト・リズバニアを、そんな怯えた瞳で見たのは君が初めてだった。

スピカ・アルドレード。

優秀な宰相として、各国から一目置かれるサイモン伯爵と、社交界の薔薇《ばら》と称されたミランダ夫人のひとり娘。

留学先にもその風変わりな伯爵令嬢の話は聞こえてきた。

幼いながらシリウス殿下のお命を身を挺して救ってから、オリオン殿下を筆頭に名だたる貴族の子息や令嬢からの寵愛《ちょうあい》を一身に受けている。

平和主義を掲げるスピカ・アルドレードの思想を見習って、軍事国家だった王国は改革を進めてるようだ。

オリオン殿下を通じて伝えられる革新的な政策。国王陛下、王妃様、四大貴族のフリード家、カプリス家、騎士団団長に天才を生み出したターメリック家までスピカ・アルドレードに一目置くとか。

さらに没落しかけていたキャメロン男爵家を生き返らせ、異例の伯爵への出世を後押ししたともいわれている。

それに一年前、シリウス殿下の婚約者であるガブリエル嬢の異変に誰よりも早く気付いて隣国の宰相の罪を暴き、呪いから救った英雄だとか。

あのオリオン殿下の寵愛《ちょうあい》を受けてるという話だけでも驚きなのに、聞こえてくる評判は普通の伯爵令嬢のそれとは思えないものばかりだった。

「クラリーナ嬢が、お茶会の席ですごく楽しそうに友人達の話をするのがとても印象的で、君達に興味が湧いた」

「それが僕達に近づいた理由ですか？」

「ああ……元々人と親しくなるのは得意だったからね。君達は本当にいつも幸せそうで、知れば知るほど、僕はそれを壊したくなった」

その場にいた全員が、僕から本能的に一歩引いたのがわかった。

僕は今、どんな顔をしながらこの話をしているのだろうか。

他人の幸せを壊したくなる。

その危ない感情は、父親《あいつ》に母さんを殺されて、あの家に引き取られた時から着実に積み上げられていた。

マインド・コントロールを使って人間関係の小さないざこざを起こすなど、留学先ではその微動を少しずつ発散しながら凌《しの》いでいた。

人間関係なんて薄っぺらくて脆くて。

ちょっとつつけばすぐに壊れる、今回もそうだと思っていた。

「けど、リリー嬢とクラリーナ嬢の仲は変わらず、リリー嬢を支え、君達はクラリーナ嬢を疑いすらしなかった……僕の衝動はそこで爆発してしまったんだ」

ようやく壊せたなと思ったのに、僕が最も恐れていた事態になった。

「スピカ嬢？　君は最初から僕のことを怖がっていたよね？」

「気付いてたか……」

「うん……それと同じように、僕も君が怖かったんだ」

仮面を被るのは得意で、何年もかけて僕は完璧に仮面を被った。

けど、君ははじめからその仮面の奥底にある僕の正体に気付いていていた。

僕を見てすごく怯えたその顔が、まるで全てを見透かしてるようだった。

エレノアが親しくなったと知って、僕はますます君を警戒して、君とだけは関わらないようにしていた。

けど、君が動き始めてしまったんだ。

「案の定、君は僕が犯人だとすぐに確信して接触してきた」

僕がそう言うと、オリオン殿下達は口々にスピカ嬢に小言を言う。

余計なことを……とでも言いたげにスピカ嬢は僕を睨《にら》んできた。

オリオン殿下達の口調はお世辞にも優しいものではなかったけど、それらはスピカ嬢を心配するが故のもの。

今までもこうやって心配されては、無茶を繰り返してきたのだろう。

「全生徒に喧嘩を売ったのはさすがに面食らったよ。そして思った……僕はもう逃げられないんだなって」

「バルト？　確かにあなたは家族に恵まれなかったかもしれない……じゃあ！　それが、あなたを苦しめるぐらいなら捨ててしまえばいいのよ！」

「そんなこと……」

「できる！　バルトの人生は、バルトだけのものなのよ！　他人の幸せを壊すなんてくだらないことに時間を使うぐらいなら、大切な人と幸せになることに時間を使って？」

「スピカ嬢、僕は……」

「あなたは自由なんだから!!」

君がたくさんの人から愛される理由がとてもわかるよ。

「うう……!!　ぼ、ぼくは……なんてこと……本当にすまなかった……」

「罰は必ず受けてもらうよ？」

当たり前だ、僕はとんでもないことをしてしまった。

自分勝手な気持ちをぶつけ、それがまるで正当な権利かのように振る舞った。

答えを出してくれた。

今の僕にはそれだけで十分だ。罰を受け入れなきゃいけない。

「おい、バルト！　俺がベルンハルトをリンチするわけないだろ！　そんな回りくどいことを、俺はしない！」

「僕なんて一番の被害者だよ？　僕じゃなかったらもっと深い傷を負ってたよ、きっと！」

「まあ確かに、私は悪役っぽい顔立ちかもしれませんけれど……結構気にしてますのよ!?　もう！」

「バルト様、私への嫌がらせの手紙から始まり、私の父への侮辱！　もう本当にそのやり口は天晴《あっぱれ》でしたわ！」

「まあ、昔は少し悪さはしたけど、もう今はきっぱり縁は切って本気で騎士団を目指してんだ！　わかったか!?」

「大した怪我じゃないけどさ……突き落とされて怖かったんだからね!?　僕じゃなかったらトラウマになってるよ！」

　どういうことなんだ？

　言葉とは裏腹に、オリオン殿下達はなぜかとても穏やかに僕に微笑む。

　僕なんかに、どうして笑いかける？

　状況が掴めない僕に降ってきた次の言葉は、さらに信じ難いものだった。

「バルトにはこの先、王国で働くことで罪を償ってもらいます！　バルトの知識と人徳がこの王国には必要だから！」


スピカ嬢はまっすぐに、僕の目を見据え言葉を放った。

その罰の内容は、まるで神の啓示かのように僕には聞こえた。

許されるなんて、そんな都合のいい選択肢が存在するのだろうか。

いや、他ならぬ君が、それを望んでくれるというのならば……

「命尽きるまで、謹んでその罰を受けさせていただきます……!!」

答えなんて決まっているんだ――

＊　＊　＊

「カプリス公！　本当ですか!?」

「うむ、サンダーソン家なら安心して任せられるだろう」

「お父様、ありがとうございます」

「ありがとうございます!!」

「大したことはしていないよ。こんなことで、あの前途有望な若者の未来が保障されるなら、安いくらいだ」

私達は全員で、さっそくバルトをリズバニア家から引き離すため動き出した。

バルトが、それを強く望んだのだ。

まずは、味方を一人でも多くつけることが一番だと思って、私達は身近で一番権力のある大人、つまり自分達のそれぞれの両親に協力を仰いだ。

何せ、クズとは言っても相手はあの四大貴族の一つだからね。

両親達は、話を聞くとすぐにそれぞれの分野で動き出してくれた。

そして今日は、クラリーナ様の父親であるカプリス公から、バルトがカプリス公爵家の分家にあたるサンダーソン侯爵家に、養子として迎え入れられることが正式に決まったとの報告を受けて、私が一番にカプリス公の元に飛んできたというわけだ。

「本当によかった！　早くバルトに知らせたいです！　まだかしら!?　迎えに行ってこようかしら!?」

「スピカ！　じっとしていなさい！」

「うぐ……申し訳ありません……」

「はははは、スピカ嬢はそのまま元気でいればよい！」

「お父様!!　その発言は無責任です！」

調子に乗っていると、やっぱり、私はクラリーナ様に叱られてしまった。

カプリス公は爆笑している。

今ではこのようにクラリーナ様が、カプリス公に対してズバズバと意見を言う姿をよく目にする。

その様子を見て、この親子も誤解が解けて本当によかったなとしみじみ思ってしまった。

「すまんすまん！　それよりもだ、クラリーナ？　進んでいたバルト殿との婚約の話はどうする？」

「あ、それなんですが……」

「カプリス公！　そのことについて発言をお許しください！」

「ああ、構わないよ、スピカ嬢？」

「バルトには、オルコット子爵家のエレノア様という運命のお相手がおります」

「ほう……運命か」

「それに関してだけは、私もスピカに同意しますわ。バルト様にはエレノア様がお似合いです……きっと、あのお二人は幸せになれますわ」

「そうか、惜しいな……」

「え？　クラリーナ様？　それに関してだけってどういう意味ですか？」

「自分の胸に手を当てて考えなさい？」

どうやら、カプリス公はバルトが気に入っていたようだ。

けど、バルトにはエレノア様でないとダメだと思う。

これからしばらくは忙しくて大変だろうけど、二人が恋人同士になるのはそう遠くないはずだ。

「旦那様、皆様お揃いで、到着なさりました」

そして、友人達全員と話題のバルトが揃ったところで、カプリス公から養子の話がまとまったことが告げられる。

友人達は安心したような表情になった。

私も改めて喜んだのだが、バルトは予想に反して浮かない表情だった。

「バルト？　どうかした？」

「……許されるのだろうか、僕が……」

「サンダーソン侯爵家は世継ぎとなる子息ができなかったんだ。そんな時に、将来有望で成績優秀の君を養子にもらえるという話は、向こうには願ってもないことだったんだよ？　君は喜んでいいんだ」

カプリス公が、優しく視線を合わせるようにバルトに言い聞かせるが、バルトはまだ浮かない表情のままだった。

その理由はきっと……

「僕の本性を知ったら、サンダーソン家の皆様は恐れ、悲しむと思います……」

「バルト……」

「自分が招いた結果なので、生涯をかけて償います……ですが、もう嘘をつくのは……!!」

「サンダーソン家は全て知っている」

「……え？」

「君の過去の過ちや性格、生い立ちなど全てを知った上で、サンダーソン家は君を受け入れると言ったんだ」

カプリス公の発言に、バルトと友人達は驚きを隠せない様子だ。

そう、サンダーソン家はバルトの全てを受け入れると言ってくれた……

あの家でなら、バルトはやり直せる。

「あ、あの……カプリス公、本当に僕はなんてお礼を言えば……」

「お礼は君の隣に座る、型破りな令嬢に言った方がいい」

一斉に、バルトの隣に座る私に視線が集まる。

思わぬカプリス公からのパスに、私は思いっきり顔が引きつった。

「スピカ嬢、君が……?」

「へっ⁉　あ、その……私は……」

「スピカ嬢は、私とサンダーソン家との話し合いに同席してね？　バルトは人の何倍も努力できる素晴らしい人間で、王国の未来に不可欠な存在となる、そんなバルトが知らない幸せと未来への希望を教えてあげてほしいと、何度も頭を下げたんだよ？」

この前のエレノア様に続いてカプリス公からの暴露に、また私は穴があったら入りたくなっていた。

なぜですか⁉　なぜ、このタイミングでバラしたのですか、カプリス公！

「スピカ、お前はまた一人で勝手な行動をしたのか⁉」

「呆れて何も言えませんわ」

ああ、セドリックは怒っているし、クラリーナ様は呆れているよ……

その場で私は俯くしかなかった。

「セドリック様とクラリーナ様の言う通りです！」

「どうして、僕達に相談しないの！」

普段ならフォローしてくれるリリーとリオンも今回はダメらしいです……

「本当に抜け駆けが上手いよね？」

「そんな大切なことを黙ってるなんて、水臭いのではないか？」

あれ？　私は、ベルとオリオン様の言葉に違和感を覚えて顔を上げる。

そこには私が予想した怒りや呆れの表情ではなく、笑顔があった。

え？　怒っていたんじゃないの？

それどころか、友人達の私を見る瞳が懐かしいと語っているような気がした。

「スピカは……どんなに時が経ってもスピカなんだな」

オリオン様の言葉に、友人達は笑顔で頷き合っている。

私は私って……意味わからんのだが。

「スピカ嬢の説得で養子に迎える意思はある程度固まっていたらしいが、ある令嬢の手紙が決定打になったようだ」

「ある令嬢からの手紙ですか？」

その令嬢の見当が、友人達とバルトにはまったくつかないようだった。

けど、私はこの状況でサンダーソン侯爵家に手紙を送るとすれば、その人物は一人しかいないと思う。私が話をしていたからだ。

「……本当に究極の愛ですね」

「スピカ嬢の思う通り、その手紙の主はエレノア・オルコット子爵令嬢だ」

「エレノアが……!?」

バルトは心底驚いていたが、友人達は途端に納得した様子だ。

さすがに自分がどれだけ愛されているか自覚しなよ、バルト？

「バルト？　早くお礼を言うべきじゃない？」

「あ、スピカ嬢……」

「それと、スピカでいいから！　散々喧嘩しちゃった仲でしょ？」


「スピカ、本当に行くのか？」

「オリオン様、止めても無駄です！　絶対に私は同席しますわ！」

今日はバルトがリズバニア家から出ていく日だ。

しかし、正式にサンダーソン家への養子の話が決まったにもかかわらず、リズバニア家は渋っていると……。

まあ、ここにきて家族としての情が湧いたなんて美しい話は、期待できないだろう。

そこで私はバルトに言って、この日にリズバニア家に招待してもらったのだ。

一応、今回は友人達に報告はした。

案の定反対されたが、行かないという選択肢は私にはなかった。

そこで、友人達は自分達も行くという結論に至ったようだ。

リズバニア家の屋敷の前には、既にサンダーソン家のものだと思われる馬車が待機していた。

そして、彼らに対し私達を出迎えてくれたのは年配の執事だった。

「ようこそ、お待ちしておりました」

通された屋敷の奥の応接間で私達のことを待っていたのは……

無口で眉間のシワが取れなくなったであろう堅物そうなリズバニア公と、ドレスの上からでもわかる溢れた脂肪と厚化粧に包まれたリズバニア公爵夫人。

そして、嫌悪感と憎悪を丸出しにするバルトだった。

腐ってるとかじゃないな、手遅れだ。

「誰のおかげで野垂れ死にせずに、ここまで大きくなったと思っていますの!?」

「笑わせる……野垂れ死ぬ方がマシだと何度も思いましたし、あなた達に感謝の気持ちを感じたことは、露ほどもありませんよ」

話し合いは平行線で、リズバニア公爵夫人はバルトを養子には出さないの一点張りだった。

頭悪いのか、お前らのストレス発散の道具にしたいだけだろ。

「バルト！　少し冷静になるんだ！」

「リズバニア公爵夫人、あなたも自分の非を認めて謝罪すべきです」

「謝罪ですって⁉　この私に、何を謝れと言いますの⁉」

オリオン様とベルが、この場をとりなそうと奮闘してるが、効果なし。

他の友人達は呆気に取られているし。

その横で、リズバニア公はいまだに黙《だんま》りを決め込んでる。

こんなのが奥さんだったら浮気をする気持ちもわからなくはないが、結果、証拠隠滅しようとしたクズだよね？

あんたに関してはバルトは実の息子だろ、何か言えや、口動かさんかいな。

「謝罪されたところで、あなた達と縁を切りたいという思いは変わらない」

「まあ！　恩を仇で返すおつもり⁉」

「慈しみや施しを受けた相手に対して、相応の礼を返すのではなく、逆に相手を害するようなことをする」

「は？」

「それが恩を仇で返すの意味ですわ」

「……は？」

「申し訳ございません、口を挟むような出過ぎた真似を……少し、私の発言をお許しいただけませんか？」

オリオン様とベルは、すぐさま口を閉じて、ソファーに座り直す。

今度は何だと、言っている目だった。

「……申してみろ」

「構いませんわ？」

「う、うん……」

「ありがとうございます、リズバニア公、リズバニア公爵夫人、バルト様」

私は、さすがに我慢の限界だった。

「正直申しますと、私はリズバニア家の皆様に感謝しているくらいなんですよ？」

全員がお前は何言ってんだという顔を私に向ける。

ほら、こういう場ではエンターテインメント性って大事だと思うのよね？

「だって、皆様がバルト様に貴族とは思えないような幼稚な仕打ちを繰り返してくださったおかげで、私達はバルト様に出会えたのですから」

「は？」

「幼い頃のバルト様は笑わない内気な性格だったと、エレノア・オルコット様からお聞きしましたわ？　そんなバルト様が見事な処世術を身に付けられたり、心理学で優秀な成績を収めるに至った一番の理由は、昔から彼にリズバニア家と縁を切りたいという、確固たる意志があったから、というわけです」

リズバニア公爵夫人は間抜けな顔で間抜けな声を上げ、リズバニア公は眉間にシワを寄せて状況を整理しているようだ。

一方で、友人達の顔は無表情、バルトは盛大に引きつっていた。

私は立ち上がり、その場を歩く。

まるで舞台で役を演じている俳優かのように、芝居めいた話し方をする。

「バルト様が、正式に王国に仕えてくだされば多くの人間と縁を結び、王国は素晴らしい未来へ向かうでしょう！　……きっと、バルト様を私達の元へ連れてきてくれた運命の導きには、多くの人が感謝することになると思いますよ？」

はっきり言うと、この時の私は本当に楽しくて仕方がなかった。

「そういうわけで、ありがとうございましたと私は皆様に言っておきましょう。皆様のおかげで、私達はバルト様と出会えたんです……心優しく、優秀なバルト様を得て、彼と共に、私達は素晴らしい王国を築いていくことができます……お前達の見る目が腐っていたおかげでね？」

最後に私は、リズバニア公とリズバニア公爵夫人の背中に回り、二人の肩に手を置きながらそう言い放った。

期待通り振り返ってくれた二人には最高の笑顔を返しておいた。

本当に、その時の二人の顔は傑作そのものだったね！


「……スピカ！」

リズバニア家を出て、サンダーソン家に向かうバルトを見送る時、バルトが叫ぶように呼びかけてきた。

その顔は、泣きそうな笑顔だった。

「うおっ!?　バルト、どうかした？」

「……ありがとう」

「どうしたの、改まって……」

「ずっと言いたかったんだ……僕、君にありがとうを言ってなかったから」

「……バルト？」

「うん？」

「死ぬ気で幸せになるんだからね？」

そうじゃなかったら、許さないよ？

## エピローグ　結婚式っていいものだよね

「シリウス殿下！　ガブリエル様！　ご結婚おめでとうございます！」

大聖堂の鐘の音が鳴り響く。

ベロニカの魔法で空には花火が盛大に打ち上がり、王都には屋台が立ち並んでいる。

今日は王国中が待ちに待った、シリウス殿下とガブリエル様の結婚式である。

神の前で永遠の愛を誓う二人は言葉では言い表せないほど美しかった。

特にガブリエル様は女神のようだ。

シリウス殿下が自ら選んだというガブリエル様のウエディングドレスはマーメイドラインで、シンプルながら所々に宝石がちりばめられており、スタイルがよく艶やかな雰囲気のガブリエル様を引き立たせる、最高のドレスだ。

そのウエディングドレスには、シリウス殿下の愛が詰まっている。

「世界で一番幸せな場所は、今日だけは間違いなくここね……」

列席者の私達は、新郎新婦のことを見送るために大聖堂の前に並ぶ。

もちろん、私達七人は全員出席だ。

退場するために、新郎新婦は大聖堂を手を取り合って出てくる。

第一王子の結婚式ともなると列席者は各国の要人ばかりで、警備する側は気が気じゃないだろうな……

今日は騎士団も全員出動だもんね。

新郎新婦を祝福して、辺りに拍手が鳴り響く。

大聖堂から王宮までのそう長くない道には、今日の主役達の姿を一目でも見ようと多くの民が押し寄せていた。

「いろいろありましたけれど、無事にこの日を迎えられてよかったですね！」

「本当にいろいろあったし、俺は泣きそうだ……」

リリーが満面の笑みで私達に向かって言う横で、セドリックは言葉とは裏腹にもう既に大号泣。

「セドリックが泣いてどうするのさ？」

「まあ、今日はしょうがないよ。それに涙もろいセドリックにこの状況で泣くなというのも酷な話だよ」

それをたしなめるのはベルで、リオンはフォローしつつも、どこか面白そうに見守っている。

見兼ねたベルは、セドリックに自分のハンカチを渡している。

「ガブリエル様、お綺麗ですわ……」

「ああ、そうだな……兄上も、何だか遠くに感じてしまう」

クラリーナ様は幸せそうなシリウス殿下とガブリエル様にうっとりと見惚れ、オリオン様も大人びた表情で兄夫婦のことを見送っていた。

私の友人達は、結婚式に対してはそれぞれ感動しているようだ。

しかし、いまだに全員が自分の婚約者探しについての進展がまったくないのだ。

これをきっかけにして、もう少し前向きになってくれないかな……？

最近の悩みはもっぱらそれである。

「スピカ！」

「あ、バルトにエレノア様って、エレノア様どうされました!?」

「うう……すみ、すみま……せん……!!」

「いやあ、あまりにいい式で、感極まってしまったらしくて……」

「ああ、そうでしたか」

バルト・リズバニア改め、バルト・サンダーソン。

リズバニア家と縁を切ることは、貴族社会では難しいけど、あんな家にいるよりはずっとマシだ。

バルトはあれから無事、サンダーソン家の養子となることができ、今日の結婚式にもエレノア様と参加している。

「どう？　サンダーソン侯爵家は？」

「とてもよくしてもらってるよ。勉強は好きなだけさせてくれるし、僕の過去や本質まで受け入れて、愛してくれる」

「よかった、本当に……」

「わた、私は……幸せ者です、わ……!!」

「エレノア様ったら……そんな泣いたら目が腫《は》れてしまいますわよ？」

エレノア様はいまだに涙が止まらないようだ。

私はハンカチを取り出して、エレノア様に渡そうとする。

しかし、それは横から伸びてきた手によって叶わないのだった。

「スピカありがとう……でも、エレノアの涙を拭くのは僕の役目だよ？　いくら君でもそれは許さないよ？」

「あはは……すみません……」

けど、その歪《ゆが》んだ性格は、ちょっとやそっとで治るものではないようだ。

あの時にエレノア様はバルトにほぼ告白したようなもので、その後もバタバタと忙しかったバルトをエレノア様が支えるうちに、晴れて恋人になった。

傍から見たら、バルトが受身なように見えるのだが、大間違いだ！

バルトの愛が重すぎる！

どのタイミングでそれが爆発したのかは見当もつかないが、バルトのエレノア様に対する独占欲は恐怖だ。

こうして私や同性でもエレノア様に触れようとすればお叱りを受ける。

過去にエレノア様が同級生の男性と話をしているのを見た時なんて……

ダメだ、思い出したくない。

バルトは嫉妬深いを通り越して、ヤンデレになってしまったのだ。

だから、私とエレノア様だけの歴史を語る会にバルトも参加するようになってしまった。下手に拒否すると追及が怖いし、別に邪魔にもならないので放置だ。

悩みが尽きないところに、新郎新婦が向かってくるのが見え、私は向き直る。

「兄上、義姉上、この度はご結婚おめでとうございます」

「ありがとう、オリオン……私はきっとお前の式では泣いてしまうな」

「気が早すぎますよ？」

「オリオン様、改めまして、末永くよろしくお願いいたします」

「こちらこそ、どうかよろしくお願いいたします」

シリウス殿下とガブリエル様は絵本から抜け出したかのように、本当にすごく綺麗だった。

二人が笑っている姿を見るだけで、私の心は温かくなる。

「スピカ様？　本日はお越しいただきまして、本当にありがとうございます」

「ガブリエル様、とてもお綺麗です」

「スピカ嬢、本当にありがとう」

「シリウス殿下、ガブリエル様、ご結婚おめでとうございます。とても感動的で素晴らしい式でしたわ」

「全て、君のおかげだよ」

「え？」

「スピカ様には、一生をかけても返し切れないほどのご恩を受けました」

「いやいやいやいや!?　ご恩なんて、大袈裟です!!」

「大袈裟ではない……スピカ嬢には私自身の命に留まらず、最愛の人の命まで救ってもらった！」

「私が今、愛するシリウス様のお隣で笑えること、未来を生きていけることは、全てスピカ様のおかげです……」

「そんな……私はただお二人に幸せになってほしかっただけで……!!」

シリウス殿下とガブリエル様は、今にも泣きそうな顔で私を見る。

本当にやめてくれ。

新郎新婦を泣かせる列席者なんて、各国のお偉い様に見られたらどんな変な噂を流されるか。

もうバルトの件で、噂はたくさんだ。

それに、この幸せが完全に安心できるというわけではないんだから……

「スピカ嬢？　もし、君が家族になってくれたら、こんなに嬉しいことはない」

「まあ、それは素敵だわ！　どんなに毎日が楽しいか……」

「家族!? え、それは？」

「まあ、つまるところ、オリオンはどうだということなのだが……」

「いやいや!? あ、オリオン様が婚約者をお決めにならないからですか？」

「え？」

「スピカ様？」

「私も気掛かりで……けれど、焦ってもろくなことはありません！ 私なんかで妥協してはいけません！ 待てば、オリオン様にふさわしい方が現れるはずです！」

「……ガブリエル、思っていたより事態は深刻だね」

「ええ、一刻も早く、オリオン様に行動を起こしていただかなければ……」

「そうだね……さもないと、スピカ嬢は僕達の手の届かないような場所に行ってしまうかもしれない……」


私がこの世界で二度目の人生を歩むことになった理由は、わからないまま。

けど、私は決めたんだ。

モブとして、転生者として、私はこの物語をぶっ壊してやる。

だって、あんな残酷な未来になって、誰が喜ぶというのだろうか……

私はモブとして、転生者として、この登場人物達の笑顔を守り抜いてみせると改めて神の前で誓ったのだった。

書き下ろし番外編

# 『カウンセリング・ブック』でドタバタ

それはシリウス殿下とガブリエル様の結婚式が終わってから、数日後。

きっかけはなんてことないものだったと思う。

事件が終息して、誰もが元通りの日常を取り戻そうとしていた時。

しかし、私は――スピカ・アルドレードの心はそれを許そうとはしなかったのだ。

「ねえ、ベロニカ。私を神父様にしてくれない？」

「……スピカ？　人間誰しも向き不向きというものがある。夢を見るなとは言わないが、現実を知ることも時には自分のためだ」

数秒の沈黙の後、持っていたティーカップをそっと置いたと思ったら尋常ではない憐れみ溢れた顔をベロニカは私に向けた。

待て待て、何その見せたことない顔は⁉

「どういう意味よ⁉」

「聞きたいか？」

「……いや、やっぱり答えなくていい。傷つく未来が既に見えてるから」

「賢明な判断だと思うぞ」

「でしょうねって……違うわ！　身も心も神に捧げようってわけじゃなくて、見掛けだけ！　私ってバレないように神父様に変身させてって言っているの！」

「変身？」

私には、常々思っていることがある。

ダムレボの登場人物達改め、私の友人達六人がこれまで起こった数々の事件のせいで、心が疲れてしまっているのではないか……ということを。

ハイスペックという言葉を擬人化したような自慢の友人達は文句なしに誇らしいが、それ故に人に頼られることはあっても、人を頼るということがあまり得意ではなく、何でも溜め込んでしまうところがあるというのが、私の見解だ。

実際、出会い以来、全員が私に何らかの相談をしてきたことはなく……と、これを言ったらベロニカに「相談する相手の人選は大事だからな」と意味深な感じで言われたが、今は無視だ。

「要するに？　オリオン達の本音が聞きたいということだな？」

「さすがはベロニカ様！　その通りよ！　ここ二年ぐらいは特に慌ただしい日々だったし、知らぬ間に溜め込んでいることとかあると思うのよ！」

「なるほど……それでみんなの心強い味方である神父にしてくれというわけか」

「何事も形から入るのは大事でしょ？」

＊　＊　＊

という会話がベロニカと私の間でされたのが、約二十分前だろうか。

その結果、私は現在ベロニカ特製の魔法の本の中にいる。

「待て、何でやねん！　ほら、思わず関西弁が出ちゃったよ！」

魔法の本というと、何やらロマンチックな響きにも聞こえるが、実際目の前に広がる光景は先ほどまでいた自室と変わらないもの。

本当にここが本の中なのか怪しいところだが、それは紛れもない事実。

何せ私は先ほど、問答無用でこの本の中に吸い込まれたからだ……わあ、すごいファンタジー。

ベロニカ曰く、この魔法の本はまたの名を『カウンセリング・ブック』といい、この本を開いた人の心の内にある悩みを吸い取って打ち明けさせるという特別な魔法がかかっているのだとか。

主な用途は、犯罪者に罪などを自白させる時などに使うとのこと……え？

ベロニカはこの本を私の友人達全員に順番に預け回ると言っていた。

なんていうか、すごいを通り越して怖くないか……

若干この本のシステムに引いていた時、声が聞こえてきた。

おお、何か緊張するけど……この声は？

「ベロニカの奴、急に来たと思ったらこんな本を置いていって、何なんだ？」

「とりあえず開いてはみたけど、特に変わったところは見当たらないよね？」

セドリックとリオン！

「後から取りに来るとも言っていたしね？」

あ、ベルだ！

「まあ、主人が主人なら、専属の魔法使いもああなるのだろうな……」

そして、これはオリオン様！

声が聞こえるってことは、本を開いたのか。

これで自動的に魔法発動ね……

というか男子勢は全員いるのか。

ああ、そういえば、今日は集まって剣術の稽古《けいこ》をするとか言っていたかな？

となると、ここはセドリックの家？

最後のオリオン様の言葉がかなり引っかかるし、それを聞いた三人がどんな表情で頷いたかまで何となく想像できるけど、今は無視。

四人お揃いなら、好都合ってもんでしょう！

「こんにちは！　『カウンセリング・ブック』です！」

「……は？」

私が口を開いた瞬間、その場の空気が凍った気がした。

正確に言うと、本の中にいる私が話しかけたので、おそらく四人にはまるで本が喋ったように感じたことだろう。

「本……？　本が喋ったアアアア!!」

「待て！　頼む、待て！　これは錯覚か夢か!?　集団催眠か!?」

静寂の後に、二人続けて激しく口火を切ったのはセドリックとオリオン様だ。

うん、知っていた。

二人とも、どちらかと言えば武闘派なのにこういうホラー的なことには耐性がないんだよね。

「はあ……ベロニカがこれを持ってきた時点で嫌な予感はしていたけど……」

「意外でもないけど、予想できないから怖いんだよね？」

そして、その後に疲れた様子で俯いたり、天を仰いだりするのはリオンとベル。

これも予想通り。

「あ、驚かれるのも無理はないと思います！　とりあえず、説明しますね？」

ベロニカ曰く、本の中から聞こえる声は加工されるので私とは絶対にわからないだろうから好きなだけ悩みの相談に乗れとのこと。

改めて、本当に無茶苦茶言っていると思うんですけどね？

「つまり、お前はスピカが送り込んだ魔法道具ということだな？」

「そういうことです！　オリオン様！」

一通りの現状説明を終えて、ようやく友人達は落ち着きを取り戻したようだ。

表情はまったく見えないけど、今オリオン様がどんな表情で本に向かって話しかけているのかは簡単に想像できる。

本当に申し訳ないけど、もうこうなったら絶対に話している相手が私だってバレたらダメな気がする。

「それでは、皆様には私の役割をご理解いただけたと思うので、抱えている悩み事や疑問など、何なりとお話しくださいませ！　きっと今の皆様は魔法のせいで話したくてしょうがないはずです！　あ、守秘義務は守りますよ！」

「守秘義務っていうのは、スピカに対しても発生するのかい？」

「へっ？」

まあ、友人達なら呆れながらもわかってくれるだろうと思っていた。

しかし、そんな矢先にベルの口から出てきたまさかの自分の名前に、私はバカ正直に動揺を隠し切れず変な声が出てしまったわけで……

「確かに、それは最重要事項だね」

「どうなんだ？　あいつに筒抜けなのか？　それとも、この場限りなのか？」

リオンの声色があからさまに低くなり、セドリックに至ってはまるで尋問でも受けているかのような迫力を感じる始末。

何？　どうした？　私だけ名指しの意味は何なの!?

「えっと……？　スッ……ピカ様にも、皆様の相談事はお伝えいたしません。私には守秘義務がありますので……」

というか、本人ここにいるし！

まあ、そんなことは言えるわけもないし、本能的にそう答えないと何か危ない気がしたのでね。

するとと、私の言葉に一応は納得したのか、はたまた魔法が効いているのか、友人達は今すぐにでも口を開いてしまいたいような空気を醸《かも》し出していた。

これは、誰が口火を切るかお互いに探っている？

ていうか、四人全員一斉に相談でいいの？

あれ、まさか全員共通の私に対する不満とか⁉

想像とはまったく似ても似つかない事態に嫌な汗が出始めてきた時、意を決したように話し始めたのは……

「スピカは、騎士団のジェイコブ団長のことが好きなのか……⁉」

オリオン様だった。

「……はい？」

待てよ？　今、なんて言った？

「どうなんだ⁉　カリフラワー・ブック！」

「『カウンセリング・ブック』です。えっと……私の聞き間違えじゃなければですが、そちらにおられるセドリック様のお父上であられるジェイコブ様のことを、わたっ……

じゃなくて、スピカ様が好意を寄せられているか否かをお知りになりたいと？」

オリオン様が綺麗にこの本の名前を間違えたことも、私の確認のための問いに全員が力強く且《か》つ真剣な声色で肯定の返事を述べたことも、とりあえずは置いといて……なぜ？

なぜ、私がジェイコブ様を好いているかどうかが気になるの？

「正直、セドリックに聞いた時は半信半疑だったけど、騎士団からの噂がもう学園にまで届いているからはっきりさせたいんだ！」

「ああ。スピカ絡みで異性の名前が上がるとしたら僕達の四人か、スピカの父上のアルドレード伯爵かってぐらいで色恋の話には縁遠いのに、まさかの騎士団団長なんて……!!」

「おい！　まだ信じてねえのかよ!?　俺はな、見たくもねえのにこの目で何度も見てるんだよ！　自分の親父に見たこともねえ顔で駆け寄っていくスピカをな!?　クソッ！　こんなこと言わせんな！」

普段どちらかと言えば大人しいリオンが大声を上げた挙句に机を叩き、普段圧倒的に理性的なベルがほとんど悲鳴のような声で叫び、セドリックは……うん、セドリックが騒々しいのはいつものことだけど。

とにかく、何やら只事じゃないよね？

ていうか、まさか私のジェイコブ様が最推《お》しっていう情報が騎士団発信で学園にまで伝わっているなんて……他にもっと面白いゴシップネタないの？

あれ、ゴシップ……あ！　まさか……！

「……なるほど。皆様のお悩みはよくわかりましたし、それが指し示すところの本当の意味も理解いたしました。ご安心ください。わたっ……ゴホンッ！　スピカ様がジェイコブ様に向ける感情は恋慕ではなく、尊敬の眼差し。それ一択でございます」

「それは本当か!?　カフェオレ・ブック！」

「『カウンセリング・ブック』です。はい、誓って……これは疑う余地もない真実でございます」

「そうか……そうか……!!　感謝するぞ！　カタツムリ・ブック！」

「『カウンセリング・ブック』です」

オリオン様が絶対に名前を覚える気がないとわかったことは置いておいて、全員の反応を見るにやっぱり私の考えは当たっていたらしい。

まさか、友人達が揃いも揃って私のことを――

「ご友人を心配する皆様のお姿に感服いたしました！　大丈夫です！　スピカ様はジェ

イコブ様に対する感情が他の誰よりとてつもなく大きく、結婚するならジェイコブ様のような方がいいという揺らがないお気持ちはありますが、あくまでそれは敬愛の念の範囲でございますよ！」

「……は？」

ジェイコブ様改め、最推《お》しに対する推《お》し活がまさか傍からそんな風に見えていたとは、気を付けないといけないな……

お父様同士が親友だって言っても、誤解を招くようなことは慎まないと。

けど、まさかみんなの悩みが、私が間違いを犯していないかなんて……

確かに、前世でも不倫問題はいろいろ問題になってバッシングがひどかったもんね。

それにしても尊い友情を感じちゃったなと、私は感動に打ち震えていたわけだが……

何やら静かになった空間に私は我に返った。

「あれ？　皆様？　何かありましたか？」

そして、恐る恐る私が尋ねると……

「結婚するなら？　揺らがない気持ちがある？　それはつまり、既に結婚相手の選定は済ませているということなのか!?」

「えっ……オリオン様？　何のお話ですか……」

「そうなのか!?　カルパッチョ・ブック！」

「『カウンセリング・ブック』です」

急に何をまた元気に間違っているのか。

そんな急変したオリオン様に、私が絶賛戸惑っていると……

「浮いた話が出ようものなら徹底的に潰してきたはずなのに、まさかの刺客が意外なここにいたなんて誤算だ……!!」

「ベル？　えっと、ベルンハルト様？　何だか怖いですよ……」

「どこまでもついて回りやがる……!!　チクショウ！　絶対に親父のこと超えてやるからな！」

「セドリック様!?　なぜ今ここで突然の決意表明を!?」

「とりあえず、まずは体重を増やして……その後で全身の筋肉を育てて……もうこうなったらいっそのこと、野生の猪《いのしし》でも素手で倒せるくらいにならないと……!!」

「素手で猪《いのしし》!?　リオン様、お考え直しを！　あなたはそのままが素敵ですよ!?」

漂う雰囲気は魔王そのもののベル、どこか遠くに雄叫びを飛ばすセドリック、突然の野生児ゴリマッチョ宣言をし出すリオン。

何がきっかけでこうなったのか、私にはさっぱりわからなかった。

＊＊＊

「――ということが、先ほどまでの出来事でございました」

「災難でしたわね。代わりにお詫びいたしますわ」

「うわあ……えっと、ご苦労様でした。『カウンセリング・ブック』さん」

「もったいなきお言葉でございます。クラリーナ様、リリー様……」

男子勢のカオス真っ盛りの現場を、迎えに来たベロニカによって後にした私が次に向かったのは、愛すべき我らが姫達改め、友人のクラリーナ様とリリーの元だった。

二人は今日、クラリーナ様の家でマナーレッスンをしていたのであった。

ちなみに、私はリリーには誘われたが、その直後にクラリーナ様に「あなたがいると授業がまったく進みませんの」と、はっきりと断られてしまったのである。

まあ、否定できないのよ……マナーってそんなに好きじゃないし、どうしても二人といると女子トークしたくなっちゃうから。

「では、そろそろ本題に。つまり、あなたはスピカの厚意、またの名を差し金で私達の悩み相談を受けに来たというわけですわね？」

「そ、そうなりますかね……ははっ」

あはは、差し金って……けど、男子勢のあの醜態を見てからだと、絶対の厚意っていうのが憚《はばか》られるのは事実なんだよね。

思わず、クラリーナ様の指摘に苦笑いしか出なかった。

「ま、まあ……結果はどうであれ！　スピカ様はやはり素晴らしいことを思いつく天才です！」

リリーは、今日も安定に天使です！

「リリー？　あまりスピカのことを甘やかしてはいけませんわ。あの子には何ものにも代えられない長所があることは確かですが、短所もたくさんありましてよ？」

「あ、でも、あの！　スピカ様は多少無鉄砲で、多少後先考えず、多少周りのことを巻き込んで、多少大惨事を起こし、多少私達に心労を与えますし、その度に本当にどこかに繋いで閉じ込めてしまおうかと思ってしまいますが……」

「あら、リリーったら今日は言いますわね？　あ、これが魔法の影響というものなのかしら？」

「え？　あ、え……イ、イヤアアアッ‼　お待ちを！　今の言葉は間違いでございます！全て忘れてくださいませ！」

しかし、すぐさまクラリーナ様からの鋭い指摘に、思わず私はギクッと全身が跳ね上がり、その後に続いた仰天すぎるリリーからのカミングアウトに、そのまま背筋までもが伸びる勢いであった。

何なら、鏡で見なくてもわかるぐらいに私の顔は真っ青なのではないだろうか。

「守秘義務なんて言わずに、そっくりそのままスピカに言葉を届けてもよろしくてよ？　そもそも、あの子はどうしてオリオン達が取り乱したのかなんて天と地がひっくり返っても理解することはないでしょうしね？　まあ、このまま何年この苦痛が続くのかは少しだけ見ものですわね？」

待って、どういうことなの？

天使で女神のリリーの奥底の悩みの種が私だったってことだけでもだいぶメンタルきているのに、クラリーナ様は私が知らないことをなぜ知っているの？

というか、全員それぞれの本音の悩み相談を引き出した結果が、これ？

全部が私関連のことなの？

えっ、申し訳ありませんでした！！！！

けど、これってよく考えると、オリオン様も、ベルも、クラリーナ様も、リリーも、セドリックも、リオンも、私のことをとても思ってくれているってことなんだよね——

新感覚ファンタジー

RB レジーナ文庫

# 異世界で地球めし!?

レジーナブックス Regina

## 悪役令嬢に転生したので断罪エンドまでぐーたら過ごしたい

斯波　イラスト：風ことら

定価：704円（10%税込）

ひょんなことから前世の記憶を取り戻したユリアスは、ここが乙女ゲームの世界で、自分は悪役令嬢だと気がつく。このままシナリオ通りに進めば、破滅が待っている！　それを回避する自信のない彼女は、せめて破滅するまでは好きに生きようと、ひたすら美味しいものを食べる生活を送り始め——!?

詳しくは公式サイトにてご確認ください

https://www.regina-books.com/

携帯サイトはこちらから！

新感覚ファンタジー

RB レジーナ文庫

# 最強モブ令嬢現る!!

レジーナブックス Regina

## 乙女ゲームは終了しました 1

悠十　イラスト：縞

定価：704円（10%税込）

貴族の子息令嬢が通うとある学園のパーティーで、王太子が婚約者である公爵令嬢を、でっちあげの罪で国外に追放しようとしていた。その時、公爵令嬢に一人の騎士が駆け寄り、見つめ合う二人。それを見ていた、子爵令嬢のアレッタは思った。『え、あれ？　その騎士、私の婚約者なんですけど……』

詳しくは公式サイトにてご確認ください

https://www.regina-books.com/

携帯サイトはこちらから！

本書は、2020年10月当社より単行本として刊行されたものに書き下ろしを加えて文庫化したものです。


この作品に対する皆様のご意見・ご感想をお待ちしております。

おハガキ・お手紙は以下の宛先にお送りください。

【宛先】

〒150-6008 東京都渋谷区恵比寿4-20-3 恵比寿ガーデンプレイスタワー8F
（株）アルファポリス　書籍感想係

メールフォームでのご意見・ご感想は右のQRコードから、
あるいは以下のワードで検索をかけてください。

アルファポリス　書籍の感想　検索

ご感想はこちらから

レジーナ文庫

モブでも認知《にんち》ぐらいしてほしいと思《おも》ったのがそもそもの間違《まちが》いでした。

行倉宙華《ゆきくらひろか》

2023年7月20日初版発行

文庫編集－斧木悠子・森 順子
編集長－倉持真理
発行者－梶本雄介
発行所－株式会社アルファポリス
〒150-6008 東京都渋谷区恵比寿4-20-3 恵比寿ガーデンプレイスタワー8階
TEL 03-6277-1601（営業）　03-6277-1602（編集）
URL https://www.alphapolis.co.jp/
発売元－株式会社星雲社（共同出版社・流通責任出版社）
〒112-0005 東京都文京区水道1-3-30
TEL 03-3868-3275
装丁・本文イラスト－有村
装丁デザイン－AFTERGLOW
（レーベルフォーマットデザイン－ansyyqdesign）
印刷－中央精版印刷株式会社

価格はカバーに表示されてあります。

落丁乱丁の場合はアルファポリスまでご連絡ください。

送料は小社負担でお取り替えします。


ISBN978-4-434-32290-7 C0193